EL DAÑO

Sealtiel Alatriste

EL DAÑO

ESPASA

Esta novela se escribió dentro del
programa de Apoyos del Fondo Nacional
para la Cultura y las Artes (FONCA)

ESPASA ⊛ NARRATIVA

Directora de la colección: Constanza Aguilera
Editora: Loida Díez

Diseño de la colección: Tasmanias
Ilustración de cubierta: *Stag beetle*, Alberto Durero (Paul Getty Gallery)
Realización de cubierta: Ángel Sanz Martín
Fotos del interior: del libro *Kafka*, de Klaus Wagenbach (Klaus Wagenbach Verlag)

Depósito legal: M. 13.073-2000
ISBN: 84-239-7980-6

Espasa, en su deseo de mejorar sus publicaciones, agradecerá cualquier
sugerencia que los lectores hagan al departamento editorial por correo
electrónico: sugerencias@espasa.es

Impreso en España/Printed in Spain
Impresión: HUERTAS, S. A.

Editorial Espasa Calpe, S. A.
Carretera de Irún, km 12,200. 28049 Madrid

Para Edna, veinte años después, con la misma emoción que en Central Park.

Aclaración al lector

Franz Kafka nació el 3 de julio de 1883 en la ciudad de Praga, la tercera más grande de lo que entonces era el Imperio Austrohúngaro. Su familia, aunque de extracción humilde, quería pertenecer a la minoría ilustrada de judíos de lengua alemana, y por eso, el idioma en que Franz escribió todos sus libros fue el alemán. Según ha afirmado Milán Kundera, es inútil intentar desentrañar todos los recovecos de la lengua kafkiana en un idioma distinto al alemán; sin embargo, Kafka es, por derecho propio, si no el escritor más importante del siglo XX sí el más representativo, y su literatura se ha vuelto patrimonio de cualquier lector, sea cual fuere su idioma. Como escribió Borges: «Kafka es el gran escritor clásico de nuestro atormentado y extraño siglo».

En la presente novela (me sirvo, para justificarlas, de las anteriores razones) las citas de los textos de Franz Kafka se hacen en español. Para ellas he utilizado la traducción que D. J. Volgemann hizo de *América*; la de J. R. Wilcock de *La condena*; la de Jorge Luis Borges de *La metamorfosis*; y la muy detallada de Feliu Formosa de *Los diarios*. De la misma manera, las referencias a la biografía que sobre Franz Kafka escribió Max Brod, están tomadas de la traducción de Carlos F. Grieben, publicada por Alianza Editorial.

PRIMERA PARTE

«Lo que se necesita es mantenerse en el nivel
de las experiencias ordinarias, sentir simplemente que
esto es una silla y aquello una mesa,
pero también, al mismo tiempo, que es un milagro: un éxtasis.»

Virginia Woolf, *Al faro*

I

No sintió nada. Eran las once y diez de la mañana cuando le avisaron de que su hijo iba a morir, y no sintió nada. Se quedó impávida, inerme. El doctor Klopstock le acarició el brazo, regordete y sin fuerza, del que colgaban los músculos flácidos bajo la manga de la blusa. Ella lo miró a la cara, sin atreverse a emitir palabra, pendiente de los movimientos automáticos de sus mejillas. Es posible que haya confundido su estupor con dolor, o que interpretara así sus gestos: la manera como parpadeaba sin cesar, el mohín de la boca, y la inútil caricia con que la alcanzó. Todos somos malos actores, se dijo evadiendo la mirada inquisitorial del médico, aunque en este caso habría que abonar a su favor que no era fácil anunciarle que su hijo iba a morir. «Está condenado», le había dicho. «Su enfermedad es incurable.» Julie K. se volvió hacia él por un instante tratando de descifrar sus intenciones. Le pareció que había hecho una infidencia imperdonable. El sufrimiento es una necesidad del organismo, agregó para sí, y el gesto, una obligación para adecuar la sensibilidad a ese estado. Cerró los ojos, se dejó caer en el sillón más cercano, y ya no pudo moverse.

El doctor Robert Klopstock había atendido a Franz Kafka desde que vivía en Berlín con Dora Diamant, si no el amor de su vida, al menos la única mujer con la que había podido formar una pareja. Los últimos meses, antes de que la enfermedad se convirtiera en un hecho inocultable, fueron una temporada feliz para Franz a pesar de que la tuberculosis impidiera paulatinamente todas sus actividades, y ocupara el lugar de los muchos y contradictorios sentimientos con que llenaba las cartas que incansablemente enviaba a sus amigos. Trataba de llevar una vida normal, escribía con fervor nuevas narraciones, y se podría decir, incluso, que los cuentos de esa época están entre los más divertidos que escribió, pero cualquiera habría podido descubrir —en sus pronunciadas ojeras, en la tristeza de su mirada, o en la textura amarillenta y quebradiza de su piel— el anuncio inclemente de la muerte. Su hermana Ottla lo había visitado, engañada por el buen ánimo que reflejaban sus cartas, y regresó a Praga alarmada, asustada por el estado en que lo encontró. Le pidió a su tío Sigfried (un médico rural, hermano de su madre) que fuera a verlo para conocer su estado de salud. Al doctor Löwy le bastaron unas pocas horas, una conversación insulsa, para elaborar un diagnóstico severo sobre la salud de su sobrino. Él, como el resto de la familia, sabía de la caprichosa necesidad que tenía Franz de estar lejos de sus padres, del rechazo paulatino que había ido creciendo al punto de hacer imposible que conviviera con ellos bajo el mismo techo. Por una razón u otra, por viajar o porque había alquilado un piso en alguna ciudad alejada, desde febrero de 1915 habían vivido separados y sus contactos personales se reducían a lo mínimo, a una comida esporádica, a la tradicional cena de Pascua, a unas cuantas cartas llenas de vanas cortesías. Lo mínimo. Todos parecían felices con esa situación, la aceptaban como a las treguas que interrumpen las guerras, y que sin finalizarlas nos dan una falsa apariencia de paz. Parecía que, por no verse, los conflictos habían desaparecido. Ninguno —ni el hijo, ni la madre, ni el padre— quería enterarse de los males que los acosaban. Franz había sufrido un ataque de tuberculosis años antes, pero su familia estaba segura de que se había curado, hasta que su tío lo encontró con tan pocas fuerzas en el cuerpo que, sin importarle las razones del alejamiento, fue a ver a su hermana y le informó de lo que pasaba. Fue la primera vez que Julie K. reconoció en público que estaba enterada de que su hijo podía morir. La primera, también, que aceptó que el alma, la poca alma que tenía, se le había secado. «¿Puedo hacer algo?», preguntó a su hermano. «Que pase unos días contigo, después ya veremos. Háblame cuando esté aquí.» Obedeció con desgana, arguyendo el cansancio que sentía en el alma, sin poder contener la indiferencia. Sólo revelamos la verdad que compartimos con alguien a partir de que aceptamos lo que hemos sufrido por su causa, y la vida con su hijo había sido un tormento, un tormento más allá de las convenciones, un tormento, si se quiere, del amor a las costumbres y del desprecio a la vida cotidiana.

Franz regresó por unos días a vivir con sus padres, pero ante el inevitable deterioro de su salud hubo que trasladarlo al Wiennerwald Sanatorium. En esos pocos días que volvieron a pasar juntos, la señora Kafka lo cuidó y mimó como antaño, e incluso soportó la presencia de Dora con una tranquilidad que desmentía su inercia emocional. Nunca sabemos cómo vamos a reaccionar, se decía observando el cuerpo del hijo sobre la cama, escuchando la respiración silbante que ya no le alcanzaba para vivir. Nunca conocemos el devenir de nuestros sentimientos. Pensamos, tememos por nosotros mismos ante una hipotética noticia, el anuncio de una muerte, por ejemplo, pero nuestras emociones nos sorprenden, nos contradicen como si poseyeran un albedrío que no obedece ni a la voluntad ni al miedo. ¿Ansiaba que su hijo muriera? No sabía, evidentemente esperaba otra cosa del encuentro —rabia, coraje, reclamos—, pero nunca esa pasividad que tanto se parecía al vacío. Ahí estaba él, suave, marchito pero imperecedero, yacente en una hendidura de las almohadas, como un obstáculo, un impedimento, una barrera a cuanto fuera vida. Julie K. intentó evocar a la fuerza cierto sentimiento de afecto, de lástima, pero su anhelo se disolvió en las migajas de su indiferencia, en lo poco que, todavía, le quedaba de rencor.

Dora Diamant miraba a la madre de su prometido con los brazos cruzados sobre el pecho, sin parpadear, sin decir una sola palabra, esperando que fuera Julie K. quien rompiera el silencio. A ella no le importaba el mudo reclamo de su falsa nuera, pues a medida que la presencia de su hijo renovaba una tensión que había olvidado, otra enfermedad iba creciendo en su mente. Todo es absurdo, imposible, se decía, no se puede saber ni decir lo que se siente. La muerte es una simplificación de la existencia.

Cuando finalmente ocurrió el traslado al hospital —un día frío, ventoso, como cuajado en malos presagios— Julie K. volvió a respirar a gusto: la partida fue un alivio. Lloró cuando vino Max Brod a recogerlo pero no sabría decir si lo hacía por la lástima que llenó tantas tardes de su vida, por la pena que le producía su propia indiferencia, por el recuerdo de las horas malgastadas en el odio, o si fue porque sabía que no volvería a ver a Franz con vida.

En las semanas siguientes, antes de que le trajeran el cadáver, ni una sola vez visitó a su hijo moribundo. Él le escribía rogándole que no fuera al hospital, asegurando, como era su costumbre, que iba restableciéndose poco a poco. Sabía que mentía, pero no movió un dedo en su favor, insistió cortésmente en que le permitiera una visita breve, pero Franz siempre encontró una excusa para mantenerla alejada. ¿Había revivido en aquella corta temporada —se preguntaba Julie K.— los turbios días que precedieron a su partida, las primeras intuiciones de los efectos de la tuberculosis? ¿Habría sido capaz de volver a escribir lo mismo, hacer las mismas reflexiones de entonces? ¿O había aceptado que finalmente llevó a cabo lo que con tanto fervor se propuso, lo que con tanto miedo ella le ayudó a conseguir?

«El miedo realiza lo temido», se había dicho la señora Kafka después de leer una de aquellas cartas en que Franz pretextaba cualquier cosa para evitar que lo visitara. «Es cierto para él y para mí: el miedo ha sido nuestro guía.» Era dueña de una extraña lucidez, algo que no había tenido en esos meses de agonía y ausencia en que no quiso pensar en nada. Tuvo sensaciones fugaces, intuiciones, barruntos de lo que ocurría y le ocurría a ella, pero no se confesaba que la vida había acabado por darle la razón: era una tranquilidad que Franz muriera, una tranquilidad que no tuviera ocasión de aclarar lo que sabía. No fue precisamente su intención, pero sí su consecuencia irremediable. Trabajamos para dar forma a nuestra vida, pero copiamos sin querer los rasgos de la persona que somos y no de aquella que quisiéramos ser, y su miedo, irremediablemente, la había hecho conducirse como un ser a quien detestaba: una madre indiferente. No sólo a fuerza de mentir a los demás, sino por la costumbre de mentirse a sí misma, Julie K. había cesado de darse cuenta de que se engañaba, pero ahora que el doctor Klopstock vino desde el pueblito de Kierling, en la baja Viena donde se encontraba el hospital, para comunicarle el verdadero estado de salud de Franz, podía aceptar que sabía que estaba condenado a muerte. «Lo pensé mucho antes de atreverme a visitarla», le dijo él. «Leí varias de las cartas que le escribió Franz. El pobre temía que su letra lo delatara y me pedía que revisara el tono. No me pareció justo y decidí informarla de la situación en la que se encuentra su hijo. Dora y yo somos como una familia para él, pero ustedes son su verdadera familia y merecen saber la verdad.» Lo escuchó estupefacta. Era como si hubiera anticipado, previa y oscuramente, esas palabras; como si inexplicablemente ella misma se las hubiera venido diciendo: «Somos, a pesar de todo, su verdadera familia». Sin embargo, que fuera el médico quien las había pronunciado la trastornaba, como si al conjuro de su voz su falta de sentimientos se convirtiera en un recuerdo vivo, encarnizadamente vivo.

Fue entonces cuando se derrumbó en el sillón, cerró los ojos y se frotó los párpados sin intención precisa. Cuando los abrió, se encontró con su imagen reflejada en el espejo del comedor, como si su realidad se hubiera reducido a eso, a su imagen, al reflejo de su indiferencia. Vio sus arrugas, su vientre colgado, sus senos caídos. Otras muchas veces, frente al mismo espejo, se ha visto con los cincuenta años que lleva encima —el pelo gris, la larga nariz, la línea ociosa de su boca delgada, la poderosa mandíbula que disimula la papada— y se ha dicho que probablemente habría podido llevar mejor su maternidad. «Probablemente», se ha repetido tantas veces. Hoy sabe que ya no hay vuelta atrás y que su imagen ha acabado por revelarle la verdad. «Soy la madre de un hijo que se muere.» En eso había terminado. La aparente tranquilidad de su mirada era un refugio para su desamor. Le asustó que llevara doce años pensando lo mismo, doce años temiendo encontrarse con esa imagen de sí misma que ahora tiene frente a ella. La decadencia moral se leía en los círculos ocre que se formaban alrededor de sus ojos, en las repugnantes manchas rojizas que envenenaban sus mejillas, en los innumerables surcos grises que cuadriculaban la frente rígida, y que le dieron, en los dos minutos que necesitó el doctor Klopstock para informarla del desafortunado destino de su hijo, el aspecto incoloro de una anciana incapaz de sentir algo distinto a la indiferencia. Le pareció imperdonable ser la dueña del grotesco rostro de una vieja decrépita, imperdonable haber sido la madre de un hijo que había decidido morir poco a poco, siempre poco a poco, atrincherado en esa suerte de fortaleza inexpugnable que ha sido su literatura.

«Doce años son siempre», repetía, dejando viajar su imaginación hasta colocarla en el recuerdo fugaz de la noche en que descubrió a su hijo encorvado sobre su escritorio como si llevara un caparazón sobre la espalda, llenando páginas y páginas de su diario. Algo tenía su figura que le hizo presentir una desgracia. Algo que quizá flotaba en el ambiente —un sonido, una cierta claridad, el aroma de la clarividencia— le hizo sospechar que la enfermedad estaba agazapada en sus pulmones. Franz se volvió para verla, o mejor, miró hacia el sitio donde ella se encontraba, pero Julie K. nunca pudo estar segura de si la veía en realidad. No dijo nada, solamente la observaba con una mirada amarilla que había hurtado, del fuego, la maldad. Calló. Julie K. calló, y se hizo cómplice de cuanto mal anunciaba su mirada, un mal del que desconocía los efectos, y que apartó de su conciencia tratando de complacer los caprichos de su hijo. Algo sospechó, es verdad, pero no era momento para dudar, y se entregó, desamparada, al devenir de sus deseos para tranquilidad de su conciencia. ¿Cómo confesar, cómo contar lo que sucedió en esas noches interminables en que fueron cómplices del miedo para atrapar una felicidad evanescente y arbitraria que estaba terminando con sus vidas? ¿Cómo hablar de la muerte que se niega? Franz pertenecía a esa clase de personas para las cuales todo lo que sucede es artículo de fe, siempre artículo de fe, y estaba dispuesto a lo que fuera con tal de salirse con la suya. Desde chico fue así: impuso a sus padres una voluntad contradictoria, unas veces alegre y otras sombría, donde era imposible discernir lo que deseaba. Era un genio cuya genialidad se aplicaba tanto a la luminosidad de su literatura como a torturar su propia vida. Era un genio, y su madre descubrió aquella noche, en su mirada de fuego, un secreto que no comprendió ni comprendería en los siguientes doce años, pero al cual ha estado irremisiblemente atada. ¿Qué habría podido hacer contra aquella fuerza que se ha acostumbrado a calificar de demoníaca? Tuvo la certeza irremediable de que ahí se jugaba el futuro, y que ella estaba misteriosamente involucrada con ese futuro incierto. Tal vez, engañada por la costumbre y el orden, su sentido del daño se había atrofiado, y Julie K. concibió una idea: los padres tienen el poder, y los hijos solamente la capacidad de suplicar por él. Era una idea para la que no estaba preparada. ¿Dónde quedaba la comprensión, el sacrifico y la entrega? ¿Es el amor filial tan miope, tan demandante y egoísta? Sólo le importaba tranquilizar su conciencia, y se entregó al imperio de esa idea fatal aunque presintiera la desgracia que se avecinaba, el daño que le haría a Franz con su aparente decisión de ayudarlo. Y por eso, el día en que lo llevaron al hospital en una silla de ruedas, cubriéndole la boca para que la sangre cayera en una gasa y no le manchara la camisa blanca, supo que ya no tendría más escapatoria que aceptar que sabía lo que estaba pasando, que lo había sabido durante doce años, pero que la vida, los sentimientos compartidos en complicidad con su hijo, ese moribundo, le ataron la boca con su enorme capacidad para culparla.

«Doce años», recordó que también se había dicho aquella mañana en que vio a Franz por última vez, «es el mismo tiempo que a mi hermano Joseph le llevó construir el ferrocarril del Congo». Tenía, fija en la mirada, la figura de su hijo escribiendo en su pobre mesa de trabajo, dejando la vida en sus escritos. ¿Cuánto habían tenido que pagar?, ¿cuánto ella, cuánto él? «Ya no habrá escapatoria, se han cerrado todas las puertas.» Entró en la casa después de despedir al automóvil que se llevaba a Franz. Lo transportaban en un coche descubierto, pues había sido imposible conseguir una ambulancia como habría correspondido. Se retiró aliviada y pensó que, efectivamente, el miedo realiza lo temido. Si tuviera que decirle a alguien, al doctor Klopstock por ejemplo, lo que estaba sintiendo, se avergonzaría: así como alguna vez dio la vida a su hijo, ahora deseaba que cualquier cosa, la tuberculosis, se la quitara.

Desde aquel día no ha pasado siquiera un mes, y Julie K. sabe, ahora que se lo ha confirmado el doctor, que el final, que todos los finales son irreparables. Quisiera quedarse sentada otros doce años y que ese fuera el lapso que demorara en llegar el desenlace. «Será menos», piensa. «Un mes o dos, cuando más cuatro, no más de cuatro», se repite sin prestar atención al doctor Klopstock, quien sigue ahí, ya sin saber qué hacer. La mira, trata de decir algo, pero su alma en fuga enmudeció. ¿Hasta dónde habrá llegado su intuición de lo que pasa por la madre, hasta dónde, viéndola derrumbada en ese sillón, adivinó los recovecos de su mente atormentada por la apatía? Los seres humanos somos dibujos, bocetos que entretejen el sueño de la vida, y viéndonos tenemos un atisbo de lo que sería otra clase de existencia, esa que ocurriría, atrozmente, si nos enteráramos de los pensamientos de quienes nos acompañan. «En cuatro meses Franz morirá», agrega Julie K. sin ver que el médico sale de su casa, atenta solamente a su rostro en el espejo. «Morirá y yo me hundiré en un dolor que no siento, que no puedo sentir.»

No es que no quiera, es que se cansó de sentir, eso es lo que le pasa, se cansó de saber que la carne de su carne, la ilusión de sus ilusiones, ha vivido chupándole la vida.

II

Un día, al comenzar el verano de 1911, después del desgraciado viaje que Franz Kafka hizo a París en compañía de Max Brod, un año y cuarenta días antes de que conociera a Felice Bauer (su atormentado amor de los siguientes años), cuando la familia ya se había mudado al apartamento de la Casa del Barco, ubicada en el número 36 de la calle Parízská (en la parte recién restaurada del nuevo barrio judío), Julie K. le contó un sueño a su hijo.

—Soñé que ibas a América —le dijo a la hora del desayuno, antes de que Franz fuera a trabajar. Desde la ventana se dominaba el lento transcurrir del Moldavia y las parejas que paseaban por los jardines del Príncipe heredero.

—¿Que iba a América? —preguntó Franz extrañado—. Yo no pienso salir de Praga. Sueño con regiones exóticas pero ninguna me parece mejor que el paisaje que cada mañana veo desde mi ventana. Si me fue tan mal en Francia, ¿cómo me iba a ir a América?

Se quedó observando el exterior como si aquel paisaje —el recién inaugurado puente Checo, el Belvedér más allá del río, la hilera de los nuevos edificios, y las nubes bajas que parecían flotar sobre la ciudad de Praga— fuera prueba suficiente de que nunca se alejaría de esa ciudad, de su ciudad.

—Viajabas en barco —continuó la madre con un tono de disculpa, con un poco de vergüenza o angustia en la voz.

—¿Como lo hizo mi tío Otto?

—Exactamente —respondió con alegría, intuyendo que Franz, con esa mención al parentesco con Otto, le devolvía la confianza—. Como él.

Hacía varios años que habían adquirido la costumbre de contarse sus sueños. Era una suerte de coqueteo, la forma que encontraron para sustituir los relatos infantiles que tanto les había unido durante la infancia. Costumbre que guardaron para sus soledades compartidas, pues nunca permitieron que ningún otro miembro de la familia participara del juego. Franz era un joven solitario que parecía aburrirse con sus parientes, de los cuales sólo toleraba a su madre y a su hermana Ottla. Julie K. respetaba esa reclusión interior y hacía lo posible por hacérsela más confortable, inventando juegos y pasatiempos que lo entretuvieran. Tal vez por ello nunca había podido olvidar las largas horas que pasó con él enseñándole a leer con las historias de los hermanos Grimm, los cuentos populares sobre el Golem, y memorizando las leyendas de los héroes que habitan el Walhalla. Tenerlo sobre sus piernas, pasando las páginas de un libro adornado con dibujos maravillosos, le había dejado una de las imágenes más enternecedoras de su maternidad: descubrir el mundo portentoso de los anhelos de su hijo. No recuerda cómo aquellas sesiones de lectura fueron sustituidas por el relato matutino de lo que habían soñado la noche anterior; no recuerda, tampoco, si fue él o ella quien las había iniciado; el caso es que una o dos veces por semana se demoraban en el comedor con pretextos fútiles para, una vez solos, comenzar inocentemente la relación de lo soñado. El desayuno, así, se convirtió en la hora favorita. Uno de los dos relataba, como si le diera al otro un pie quebrado, lo que recordaba de sus aventuras oníricas. Reían de sus angustias y las revestían con detalles ridículos, aún más grotescos de los que, en verdad, el sueño había robado de la realidad.

Era un juego peligroso, lo sabían, pero no importaba, seguían adelante, como en un desfiladero, desafiando la mala suerte, la suerte de que alguna vez uno de aquellos relatos les hiriera el corazón.

A Julie K. le entretenían la cantidad de animales e insectos que poblaban los sueños de su hijo, y sospechaba que Franz no le contaba, en sentido estricto, sus sueños, sino una variedad de invenciones que ocurrían en su alma. Su imaginación, arraigada profundamente en el inconsciente, hacía pasar por sueños las historias elaboradas durante largas horas de insomnio. Aquellos relatos matutinos, suponía su madre, eran la antesala de su literatura. Aunque sabía que garabateaba interminablemente un diario y enviaba cartas sin misericordia a todos sus amigos, todavía había leído muy pocos de esos textos, y escasamente alguna de las historias que él componía a partir de sus experiencias de duermevela. Tenían una cierta gracia, pero hasta entonces Franz no pasaba de ser un escritor mediocre. Ella trataba de disimular, pero esa mediocridad la perturbaba tanto como, suponía, era molesta para su hijo. Si al menos se impusiera esa libertad imaginativa que compartía con ella, pensaba cuando escuchaba sus narraciones, otro sería el resultado: esos mismos relatos serían más interesantes, más profundos, evitarían las vagas zonas del aburrimiento que él disfrazaba con meditaciones seculares. Quizá por ello, aunque no hubiera podido explicar detalladamente sus razones, Julie K. se mantenía fiel al riquísimo mundo que surgía en su interior cuando dormía, y trataba de describirle a su hijo los detalles más insignificantes de sus sueños. ¿Provocaría, así, esa libertad creativa que evidentemente él deseaba con desesperación? De algo servirá, pensaba cada vez que iniciaba el relato de un nuevo sueño, para algo transcurrían aquellas horas matinales, aunque el laberinto de las confusiones fuera el mapa por el que caminaban sus mutuas intenciones: Franz parecía perturbarse con esa capacidad, con esa obsesión, llamémosle de realismo onírico, con que su madre contaba las ideas más disparatadas, y ella, ingenua, dejaba surgir las líneas tenues, desoladas, de los símbolos de su inconsciente.

—¿Y qué pasaba en el sueño? —preguntó Franz, regresando de la contemplación del paisaje de la ventana.

Ni ella con su viveza y arrebatos impulsivos, ni él con sus baches de melancolía, ofrecían la imagen de una felicidad rutinaria.

—En realidad —dijo Julie K. observando sin recato las enormes cejas que daban forma a la mirada de su hijo—, ahora que te lo cuento me percato de que no eras tú el que viajaba, sino que era tu tío Otto de joven, pero de alguna manera extraña también eras tú. Eran dos y el mismo a la vez, el joven Otto de mi sueño era mi hijo Franz.

El rostro, pensó todavía con las últimas palabras colgando de su boca, refleja un racimo de personalidades que raramente se descubren a la vez. ¿Qué le hizo, entonces, ver simultáneamente las de Franz y Otto? Conservaba el sabor embriagador que se siente al despertar, pero había perdido la clave con la que entendemos las imágenes que nos acompañan al dormir, y su sueño se había vuelto un misterio, una pócima mágica.

—¿Cómo puede ser? —preguntó Franz, con inquietud, apartando su mirada de los ojos inquisidores de su madre—. Mi tío y yo no nos parecemos en nada.

Había en su voz una huella de desengaño. Un tono ambiguo que emergía por los vericuetos de su desconcierto, como si una dosis de espanto le hubiera sido inyectada sorpresivamente por las venas. La pócima del sueño preparaba ya el cultivo de las enfermedades imaginarias.

—Era como si te hubieras apoderado del cuerpo de tu tío, o mejor, como si le hubieras robado algo de su personalidad, algo que necesitabas imperiosamente y lo hubieras dejado vivir dentro de ti.

—¿Como un parásito?

—No sé —respondió la madre, desconcertada, como siempre que Franz le hacía una pregunta que parecía sorprenderla en falta.

Por una extraña iluminación, Franz se percató de que aquel sueño ponía de manifiesto la sencillez de su madre —sencillez, pensó, no simplicidad—, pues ella, como él, poseía un alma atormentada por las cosas más humildes, pero al contrario de él, esas cosas le iluminaban la vida mientras que a él se la oscurecían. Su sencillez era capaz de desentrañar la falsedad de la gente astuta. Franz sintió ganas de reír, evadirse de algo siniestro con la risa, pero la alegría se le quebró a la altura del corazón. Fue una sensación de muerte, y entendió que algo se había quebrado ahí, en aquel tramo del recorrido de su risa. Soñar era un juego peligroso.

Conservemos en la mente, por un momento, esta imagen de Franz Kafka. Está frente a su madre, mirando al suelo o a los rincones, jugueteando con una migaja de pan, tratando de reprimir sus sensaciones. ¿Qué puede sentir un hijo cuando su madre sueña que es otro, que es, en otras palabras, un ladrón de personalidades ajenas? Franz, actor experimentado en fingimientos, deja aflorar en su mirada alguna leve huella de enfado. Sonríe a medias, quiere decir algo, disimular, pero el sueño, la narración del sueño, ha abierto una brecha en su sensibilidad de la que hasta ahora solamente tenía un vago atisbo. Era como si otro corazón hubiera empezado a batir sus alas en su pecho. ¿Sería capaz de llevar a cabo la hazaña de convertirse en otro?, ¿podría darle la literatura los muchos disfraces que requería?, ¿tendrían sus narraciones esa sencillez apabullante de su madre?, ¿o sabría, en su caso, hacerse de ella, robársela a Otto o a cualquiera, como ella lo afirmaba inocentemente con su sueño?

—¿Y adónde viajaba, mamá? —preguntó al fin, con ojos vidriados, intensa y trágicamente dasafortunados—. ¿Adónde viajábamos mi tío y yo?

—A América, te digo. Era un largo viaje en un carguero, en la sección de segunda clase, que te conducía a un puerto de grandes edificios, muy poblado.

—Sería Nueva York.

—Pues sí, tal vez fuera Nueva York.

—¿Se veía la estatua de la Libertad?

—Los detalles del viaje se me han olvidado, pero el sueño se vuelve nítido, preciso, desde el momento en que llegas al puerto. Salías a la cubierta del barco, y desde ahí veías emocionado la silueta del puerto, pero no recuerdo ninguna estatua. En cambio puedo evocar perfectamente tu figura alborotada por la brisa, el abrigo negro que ajustabas con una mano bajo la barbilla, y el gesto con el que esperabas el momento del desembarco. Regresabas a tu camarote para arreglar el equipaje y estar listo cuando atracara el barco. Llevabas el viejo baúl de papá, el baúl de correas que tanto te gustaba cuando eras chico, en el que te encantaba meter ropa que habíamos desechado para irla sacando, como si fueran disfraces, para entretener a tus hermanas. Nada más habría pasado, quizá, si cuando te disponías a descender a tierra no te hubieras dado cuenta de que en el ajetreo habías olvidado tu paraguas en el camarote.

—¿Para qué necesitaba el paraguas?, ¿hacía mal tiempo?

—No lo sé, me parece que era un día brumoso, que quizá amenazara tormenta. Era un día como el de todos los sueños. Un día sin clima, en el que cualquier cosa podría suceder, y tú necesitabas el paraguas, lo necesitabas urgentemente, como un arma para defenderte.

—¿Y qué sucedía entonces?

—Déjame decirte antes —dijo la madre, como a punto de soltar la risa—, que se escuchaba una melodía, un lamento, como si fuera la oración de un alma solitaria rodeada por abismos. El sueño no era triste pero la pieza era tristísima.

—Qué raro, los sueños son generalmente mudos.

—Ya lo sé, pero en éste se escuchaba una melodía. Desde la mañana trato de saber cuál es y sólo ahora se me ocurre pensar que era el *adagio* de Mozart.

Franz arqueó las cejas, como si la mención a Mozart hiciera del sueño una pesadilla.

—¿Será el adagio del quinteto de cuerda? —preguntó con cautela.

—Seguramente, es el único que conozco, el único con el que podría soñar.

Franz Kafka conocía desde siempre la historia de la relación de su madre con esa melodía. En una ocasión, cuando Julie K. se acababa de casar con Hermann Kafka, un cuarteto de cuerda polaco visitó Praga con la intención de interpretar la música que Mozart había dedicado a la capital checa. Todo el mundo conocía el estruendoso éxito que tuvo el estreno de *Don Giovanni,* y la famosa Sinfonía n.º 38, llamada *Praga* en honor de la ciudad en la que el joven genio cosechó tantos triunfos, pero muy pocos estaban enterados de que el *Quinteto en sol menor, kegel 516,* estaba dedicado a las calles del gueto judío. El grupo musical polaco pensaba interpretar ese quinteto, acompañándose del joven violista Oskar Nedbal, pero pocos días antes del concierto éste enfermó y se vieron obligados a buscar un sustituto que tocara el alto. El rabino de la sinagoga recomendó a la joven señora Kafka. No era una profesional ni mucho menos, era solamente una aficionada con cualidades notables, y ante la emergencia de la situación, y como último recurso antes de cancelar la función, los miembros del cuarteto optaron por incorporarla a su grupo y acelerar su preparación con ensayos más fatigosos de lo que estaban acostumbrados. Así, Julie K. tocó en el salón de actos del Ayuntamiento judío aquella pieza fúnebre que no solamente estaba influida, como *Don Giovanni*, por la muerte del padre de Mozart, sino que evocaba el misterio, la magia, la alquimia del gueto praguense.

«Aquel concierto fue uno de los momentos más felices de mi vida», les decía Julie K. a sus hijos. «El director del cuarteto, Jan Kvapil, me enseñó a entender a Mozart a partir del adagio más triste que jamás se ha escrito.» La historia de esa pieza, les contaba, estaba sacada de las leyendas que narraban las andanzas del Golem por las calles del gueto, y se decía, incluso, que parte de la melodía (las entradas de las violas, por ejemplo) sugerían que el alma del Golem debió de tener un vestigio de humanidad, algo, tristeza tal vez, con que su creador lo había dotado para hacerlo un poco menos cruel, y que la pieza entera sugería que aquel monstruo salía a las calles de Praga en busca de la vida que le faltaba para sobreponerse, paradójicamente, a lo único humano que tenía: su insoportable melancolía. «Es la tristeza de un ser que lleva en el alma la espina del agotamiento espiritual», agregaba Julie K. «Es una oración lunar en un desierto helado.»

La señora Kafka no olvidó nunca, a lo largo de su vida, aquella música. Cada vez que la escuchaba se conmovía y recuperaba la emoción que Jan Kvapil le había comunicado con su ternura de director de orquesta. «Tenue, tenue», volvía a escuchar que le decía. «Detenga en su mano la vibración del arco. Sin el sonido de la viola la melancolía nos consumiría a todos, sus notas son la vida, a ellas, a la precisión de sus compases, estamos atenidos. Usted es nuestra salvación, no lo olvide. Así, tenue, tenue, adagio ma non troppo.» No necesitaba siquiera escuchar la música, le bastaba recrearla en su interior, estuviera donde estuviera, para que todo se iluminara por aquella emoción, y sintiera que era ella la que encontraba en las calles de Praga la apasionada magia que Mozart había sabido darle a su quinteto. Pensaba en el joven Wolfgang Amadeus paseando por su ciudad, fascinado con el cariño y entusiasmo con que sus conciertos eran recibidos, y poco a poco, gracias al hechizo de la música, era ella quien caminaba por las calles, ella quien se estremecía de emoción y creaba la melodía del *adagio*. Cuando Mozart recibió el encargo de escribir aquella pieza estaba afectado por el riesgo de que su padre muriera, y se protegía contra la muerte con la música que creaba; pretendía, digámoslo así, encontrar la vitalidad de su melancolía en la fortaleza de su miedo, y una noche solitaria había escrito una pequeña pieza —una suerte de hechizo, de amuleto contra la muerte, una oración fúnebre en un desierto helado— que después sirvió como tema central de su *Quinteto en sol menor.* Julie K. se sentía protegida por ese amuleto y conservaba la melodía en su corazón como si ella, la melodía que ella era capaz de interpretar como nadie, le fuera a proporcionar los servicios de su hechicería.

Así era su madre, pensaba Franz, así elaboraba sus experiencias: siempre ligándolas a una historia, a un personaje, a una imagen seductora: entre la más alta comedia y la tragedia más profunda. Así era ella. Contó tantas veces esa historia de su participación en el concierto, de su capacidad para servirse de la melodía, que Franz llegó a saber casi de memoria todas las descripciones que se ligaban a sus emociones. ¿Qué tenía de malo, entonces, que esa fuera la música de fondo que se escuchaba en su sueño? ¿Por qué le había sorprendido tanto?

—Pues sí, claro —comentó su madre acariciándose una mejilla—, qué otra pieza iba a ser sino el adagio de Mozart.

Franz prefirió desviar la conversación y volver a preguntar qué más sucedía en el sueño, qué otra cosa le pasaba en el puerto, si desembarcaba alguna vez.

—Cuando ya se veía el muelle, como te dije —continuó Julie K. mirándolo fijamente a los ojos—, te dabas cuenta de que habías olvidado tu paraguas y volvías a regresar al camarote para recogerlo, y creo que dejabas el baúl al cuidado de alguien que te encontraste por casualidad, o simplemente lo dejabas solo.

—¿Lo abandonaba así sin más?

—Así sin más, y rehacías el camino de regreso a tu cuarto, pasando por pasillos llenos de tubos y máquinas que soltaban vapor, pensando que seguramente te iban a robar el baúl o ya te lo habían robado, pero no te importaba, o te importaba mucho más recuperar tu paraguas. Digamos que aquella sombrilla era más importante que el baúl que te había prestado tu padre, como si algo hubiera trastocado los valores de la propiedad, de la utilidad de las cosas, o mejor, como si te hubieras olvidado de las reglas que rigen la realidad.

Se dio cuenta de que su narración causaba un impacto desmesurado en su hijo y que ella, tratando de encontrar algo que atenuara su desconcierto, no hacía más que empeorar la situación. Agregó que era sólo un sueño, que no sabía qué podría significar, pero vio en los ojos de Franz, como si se apagara en ellos el interés por el misterio del sueño, que otra cosa venía a sustituirlo, algo errante, pálido, como el reflejo de una luz que al surgir atrajera su alma maravillada y perpleja. ¿Qué sucede?, debió preguntarle, pero se limitó a interpretar lo que pasaba.

Él, por su parte, no se atrevió a confesarle que el solo hecho de que hubiera aludido a ciertas reglas —reglas que supuestamente regían la realidad y que él había olvidado, según la expresión que utilizó— ponía en evidencia algunas coincidencias de las que nunca le había hablado, algunas desafortunadas coincidencias que por los caminos del azar su madre había descubierto, y que le pusieron en contacto con una quiromántica con quien se había topado en París.

Los dos supieron, en ese instante crucial de su existencia, que él estaba llegando a su fin.

—Lo curioso —agregó Julie K. evitando lo que presagiaba la mirada de Franz— es que mientras vagabas por los pasillos del barco, te encontrabas contigo pero más viejo. No, lo estoy diciendo mal: como eras Otto, te encontrabas con el Otto viejo, el de ahora.

—No entiendo, mamá —la interrumpió Franz, haciendo gala de esa falsa objetividad con la que se mostraba ante el mundo: con los músculos de las mandíbulas tensos, que le daban a su cara la forma de triángulo isósceles invertido—. No entiendo ni el sueño ni las razones que tuviste para soñarlo.

—Los sueños no atienden a razones ni caprichos, sólo ocurren —respondió la señora Kafka—. Pero si te consuela, yo tampoco lo entiendo. No veo qué pueda significar que el Otto joven se encuentre, en un camarote desordenado, con el Otto viejo. Y mucho menos entiendo que, de esa forma rara que utilizan los sueños para expresarse, tú y Otto sean la misma persona.

—Mi tío Otto no tiene nada que ver conmigo.

Lo miró con ternura mezclada con un poco de lástima, pero las posibles palabras que quedaban por decir se deshicieron en algún recóndito lugar de su conciencia. Él necesitaba, pensó Julie K., algo más que miradas comprensivas, silenciosas: necesitaba afecto, que ella le asegurase que vivía en el corazón de la vida y que era necesario para el mundo entero. Habría debido decirle eso, pero no pudo, no fue capaz, y despilfarró su amor en el inocuo silencio de su lástima. Apenas barruntaba la brecha que había abierto en la sensibilidad que su hijo tendría a partir de entonces.

La sirena de un barco irrumpió entre ambos, y madre e hijo se volvieron hacia la ventana para ver una pequeña embarcación de vapor que cruzaba el río. Era un remolcador que parecía haberle robado el sonido a un barco ausente; era un remolcador inútil, presuntuoso, que se hacía pasar por lo que no era. La sirena volvió a romper el aire y resultó curioso que del barco ausente solamente quedara ese sonido como de contrabajo desafinado.

«Son demasiadas coincidencias», pensó Franz sin apartar la vista de la ventana. «Demasiadas, como para no seguir adelante con ellas.»

—Los sueños parecen enseñar la cara oculta del pasado —comentó Julie K. con una oscura sabiduría, como si se refiriera a la falsa sirena del remolcador—. Pienso que Otto ha sido siempre un aventurero, un ambicioso cazafortunas. Pero no sé qué tiene que ver eso contigo. Quizá tú también eres un cazafortunas, diferente, pero que estás a la espera de que te llegue esa fortuna que tanto anhelas. Quizá sea eso, no lo sé, créeme, no entiendo qué significa mi sueño, Franz, no te asustes ni te enojes.

Lo dijo sinceramente, lo recuerda ahora, mirándose en el espejo del comedor. «No entiendo qué significa mi sueño, Franz, no te asustes.» Lo dijo, piensa, porque primero se le vino a la cabeza la idea del cazafortunas, pero después porque descubrió la arruga imperceptible que aparecía en la frente de su hijo cuando algo lo atemorizaba, y por experiencia sabía de sobra que ese temor era la antesala de una grave melancolía. Lo dijo sin saber las tumbas de amor que el miedo ha cavado entre padres e hijos. Lo dijo porque le asustaba su miedo tanto como su tristeza, porque sabía que ambos, miedo y tristeza, eran el escondite de un hombre que teme ser dueño de sus propios sentimientos. ¿Qué razón, se pregunta, puede haber para que un hombre tan audaz en la imaginación pueda ser tan tímido en su vida?, ¿cuál para que una madre no lo enfrente con rigor?

Entonces quiso cambiar de tema, pero ya era demasiado tarde. El sueño es el más poderoso de los hipnóticos, y ellos habían caído en el éter de aquel viaje simbólico a Nueva York. Julie K. sonrió nerviosamente pensando que Franz seguiría reclamándole una respuesta, pero, al contrario, él se levantó de la mesa y se fue sin despedirse, sumido en una especie de desconcierto que la dejó intranquila.

No dijo nada, recuerda, ni hasta luego o que te vaya bien, y ella permaneció, como tantas mañanas, sola en el apartamento. Se le hincharon las venas de la frente y observó a su alrededor hasta detenerse en un florero que rezumaba alegría. Los tulipanes que lo adornaban se tornaron llamativamente visibles, dominando el ambiente, y sin querer, desplegada entre sus pétalos, se le evidenció aquella antigua distinción que ante sus ojos separaba a los hombres en dos categorías: de una parte estaban los trabajadores tenaces, dotados de fuerza sobrehumana que, a base de perseverancia y aplicación, eran capaces de cualquier cosa, aun de transformar el mundo o aguantar sus muchos rigores sin comprender la realidad; pero de otra parte estaban los iluminados que, en una sola llamarada, abarcan todas las realidades como por milagro, aunque el mundo siguiera su curso sin hacer caso de su genialidad. Su hijo pertenecía a esta última categoría, pero por los resultados que había podido observar hasta esa fecha no estaba ni de un lado ni del otro: era solamente un hombre angustiado, mediocre y egoísta. Julie K. sospechaba en él una cierta creatividad que lo habría convertido en un iluminado, pero algo lo obstaculizaba, lo detenía, y por ello nunca se había atrevido a pensar que era la madre del ser especial que deseaba. Quizá ese fue el misterio de su sueño, esa la razón por la que Otto, un aventurero triunfador, tenía el rostro y el cuerpo de su hijo: ella adivinaba, o quería reconocer en él, efectivamente, a un cazafortunas, pero se lo sugirió tan ambiguamente que fue incapaz de cambiar la geometría del destino, y al final, sólo sus pocas palabras permanecieron lamentando la mediocridad de Franz. Quizá, también entonces nació en germen el desvarío al que embargó su fingido amor de madre ambiciosa.

III

El diario de Franz Kafka registra una entrada, sin fecha, que bien pudo haber sido escrita durante la noche o la madrugada siguiente al día en que su madre le relató su sueño:

«Es totalmente cierto que escribo porque estoy desesperado. El sueño de mi madre parece contener un presagio de esta desesperación que me abate sin que pueda combatirla. Cuando la desesperación resulta tan definida es posible que flote en el ambiente o que se sirva simplemente de miradas, ademanes, gestos para que otros la comprendan. Mi madre debió de captarla de esta manera sin darse cuenta. La verdadera desesperación ha ido, siempre e irremediablemente, más allá de su meta. La mía ha abarcado el sueño de mamá.

»El sueño de América merece ser escrito, pero mi desesperación me inhibe. No solamente necesito contarlo, sino darle aliento, captar su esencia, darle el valor que Dickens le dio a las calles del bajo Londres. La literatura tiene que captar lo esencial o no será literatura. Los escritores hablan siempre de hediondeces, de banalidades: cuentan historias sin más. Yo tengo que evitarlo, me tengo que servir del sueño aunque sea un sueño de otro. Esa, sin que lo sepa, debe de ser una de las reglas que he olvidado, pero que me oprimen día a día e irritan mi imaginación. Debo ser capaz de liberarme y servirme de todo, aprovecharlo todo. Comprender por qué fui a América; por qué me descuidé, por qué tuve tal afán por un paraguas y estuve a punto de perder, o perdí, el baúl que tanto me gustaba. Por qué Otto y yo somos el mismo. Puedo verme en la borda del barco, puedo, aunque no aparezca en el sueño, admirar la estatua de la Libertad con el brazo levantado y la antorcha apuntando al cielo como si estuviera iluminada por un sol intenso, pero no puedo saber cómo se inició todo. Es un sueño de la mitad del tallo para abajo, que aun así merece escribirse. ¿Quién agarrará esta planta? Si yo tuviera enfrente de mí la frase inicial, si pudiera darme un nombre, si fuera el poseedor de los poderes que desecha este cuerpo, este cuerpo de mi desesperación. Si pudiera escribiría todo lo que este relato insinúa. Sería Dickens, me convertiría en Dickens si hubiera algo que transformara mi miedo. Franz y Otto, dijo mamá, son dos y el mismo a la vez. ¿Qué no daría por decir lo mismo de Dickens y de mí? ¿Será eso lo que me anunció la quiromántica, ese el peligro o esa la curación?

»Mi estado no es de infelicidad, pero tampoco de dicha, ni de indiferencia, ni debilidad, ni agotamiento. ¿Qué es entonces? El hecho de que no lo sepa se relaciona sin duda con mi incapacidad de escribir.

»No sé si seré capaz, no sé si tengo o no permiso. ¿Por qué no me quedo encerrado en mí mismo? ¿Por qué no alejo esta tentación infame de apoderarme de algo que no es mío? El sueño lo predice. Lo sé. Me adueño del cuerpo, del alma de mi tío Otto para servirme de él. Mi madre lo

sabe. Lo sabe, al menos en esa región de la que magistral-
mente salen sus sueños. Lo sabe ella y lo sé yo desde que
en París me encontré a la quiromántica. Lo sé, y no hay
más remedio: el relato del viaje a América ha roto mis pre-
carias defensas. Son demasiadas coincidencias, demasiadas para no seguir adelante.»

Después de esta frase hay un largo espacio en blanco.
Más de una página. Se tiene la impresión, al leer este fragmento, de que Franz se hubiera quedado pensando en
algo que no tuvo el valor de plasmar. Hay unos cuantos
bocetos a línea que sirven como remate, trazos casi abs-
tractos, en los que se puede, con un esfuerzo de imaginación, distinguir a un hombre que persigue a su sombra. Es
una interpretación arriesgada, pero así es: un hombre muy
delgado persigue un manchón de tinta que puede ser su
sombra. Después, nada, la página en blanco.

Franz Kafka escribió esto al filo de la madrugada. La
casa se había quedado en silencio, y salió a dar una vuelta
por el barrio. Quería poner la noche en orden y convertir
el mundo en un espejo acompasado de su alma, ver el río
desde el puente y dejarse llevar por los aromas nocturnos
que, en el verano, inundan la ciudad de Praga. No podía
contener la ansiedad, necesitaba aire, que la oscuridad
despejara sus obsesiones para ordenar sus pensamientos y
descifrar las coincidencias que el sueño de su madre le había hecho evidentes.

Al salir a la calle se sintió abrumado por el cielo —con
su luna y sus estrellas y la enorme bóveda—, por la plaza
con la Municipalidad, la columna de la Virgen y la iglesia.
Soplaba el viento del sudoeste y el silbido del aire se escondía en los rincones, deslizándose sobre el traqueteo de
un tranvía que pasaba a lo lejos. Pasó de la sombra del
quicio al claro de la plaza, se desabrochó el abrigo, y se di-
rigió hacia una callejuela alzando las manos, tratando de
acallar el sordo bullicio de la noche. Tuvo visiones estrafa-

larias: de carne que se convertía en átomos arrastrados por el viento, de estrellas que se encendían en su corazón, de nubes arremolinadas que formaban figuras siniestras. Le pareció que la aguja de la Municipalidad se movía en pequeños círculos y le fue imposible resistir la extraña sugestión según la cual instantes alejados en el tiempo eran la secuencia lógica de un mismo acontecer. Ese paseo, por ejemplo, era la continuación precisa de una caminata llevada a cabo por el Sena, y el relato de América se ligaba con el viaje que había hecho el otoño anterior con Max Brod.

En la biografía que Brod escribió sobre Kafka se hace mención a aquel viaje en dos ocasiones. Primero ubicándolo en el tiempo: «El viaje de vacaciones del año siguiente (octubre de 1910) nos condujo a París. Fuimos Kafka, Felix Welsch, mi hermano y yo»; para luego, páginas más adelante, en la segunda referencia, darnos el desenlace: «Fracasó a causa de una pequeña furunculosis que contrajo Franz y algunas experiencias espantosas que tuvo con médicos franceses. A los pocos días regresó a Praga. Franz era muy sensible a los trastornos de la salud». Como en tantas situaciones de su libro, Max Brod dice la verdad a medias, no miente pero oculta datos o vivencias que develan realidades más intrincadas: las experiencias espantosas a las que se refiere no fueron con médicos franceses, y los trastornos de la salud que tanto temía, surgieron, en principio, de la furunculosis que efectivamente padeció, pero a la enfermedad hay que agregarle el temor, si se quiere irracional, de tener una suerte de infección en el alma. En Kafka, las ideas eran siempre sucedáneas de sus penas, y Brod era incapaz de entenderlo.

Parece ser que Franz asociaba sus largos períodos de esterilidad creativa con estados de lozanía, y que los lapsos de creatividad acompañaban un permanente deterioro de su salud. Una interpretación psicoanalítica hablaría de una neurosis común y corriente, sin embargo, la experiencia parisiense podría indicar causas más profundas o, al menos, una neurosis, si cabe, más compleja, pues en París concibió la idea de que entre creatividad y enfermedad, o entre esterilidad y salud, podría efectuar un trueque. El asunto fue más o menos así:

La mañana del segundo día en París Franz se quejó de un dolor en un glúteo. Les dijo a sus amigos que pasaría por el dispensario del barrio, y que los alcanzaría, antes de la cena, en la *Place des Vosges*, para visitar la casa de Victor Hugo. En el dispensario lo atendió un médico joven, quien, después de hacerlo desvestir, analizó la zona afectada. «Tiene usted un forúnculo enorme», comentó, «véalo usted mismo». Pidió a Franz que sostuviera la bata en la cintura y con un espejo le mostró el tremendo hematoma del glúteo izquierdo. El pobre, que tenía aquella vergüenza exacerbada por su cuerpo, observó espantado un pequeño volcán de carne, coronado por una punta blanca, que le había crecido en su escuálida nalga. «Tengo que exprimirlo para poder desinfectarlo, es muy sencillo», agregó el doctor ante la cara atónita del enfermo. Lo recostó boca abajo en la mesita de exploraciones, le aplicó compresas de agua caliente en la zona afectada, lo limpió con yodo, y con dos gasas apretó el volcán con fuerza. El dolor fue tan perturbador como la embriaguez, y Franz, que tenía la cabeza sumida entre los brazos, sintió que junto con el pus se le escapaba el alma del cuerpo.

Llegó a la casa de Victor Hugo con la mirada ausente. Se había curado pero anímicamente se sentía más débil. De la curación solamente recordaba una imagen desconcertante, estrafalaria, de su carne enferma, infectada, que se convertía en átomos de luz arrastrados por el viento. La enfermedad, estaba convencido, aunque se manifiesta en el cuerpo, es un mal del alma. El malestar se aloja en un órgano preciso y la curación libera a ese órgano, pero el alma queda a la deriva, a merced de los efectos perturbadores de la falsa curación, y ambas experiencias, enfermarse y curarse, marcan su devenir para siempre. Cuando salió del dispensario, Franz Kafka había dejado atrás el intenso dolor que le afligía, pero llevaba consigo una turbación mayor: ¿qué infame pus infectaba su imaginación?, ¿dónde se localizaba el culo del alma? Nunca nadie, como aquel doctor, le había mostrado con tal descaro sus males, sus furúnculos espirituales. Nadie, ni Brod ni ninguno de sus amigos había colocado su esterilidad frente a él para que la viera sin tapujos en un espejo. ¿Era posible revertir el proceso, que en vez de sentir el cuerpo sano y el alma enferma experimentara lo contrario? No le importaría. Ofrendaría su cuerpo si fuera necesario.

El viaje duró dos días más, pero, como el sufrimiento no requiere de las precisiones de la memoria, Franz Kafka tuvo el tiempo suficiente para darle a aquella pequeña curación el carácter simbólico que le hizo abandonar a sus amigos y volver a Praga. El tiempo suficiente para encontrarse con una quiromántica, en Montmartre, cuando descendía de la iglesia del *Sacré-Coeur*.

Habían recorrido varias callejuelas buscando la hermosa escalera que corona la *rue* de La Mire. Brod hablaba de su escritura, de las cosas que el siglo les deparaba, de lo que significaba para ellos la literatura inglesa, y la influencia que ésta tenía, por ejemplo, en las piezas cortas de Kafka. Franz, como de costumbre, tenía el gesto adusto y escuchaba a su amigo para ahuyentar los negros pensamientos que, siempre que hablaban de literatura, le venían a la cabeza. No hablaban de forúnculos, ninguno de ellos tenía la imagen del espejo que con crueldad le mostró el médico del dispensario. Se adelantó a sus compañeros sin notar que al pie de la escalera estaba una quiromántica, vestida con sus galas de gitana, sentada junto a una pequeña mesa con un mazo de cartas frente a ella. «Saca dos cartas», le dijo, casi le ordenó a Franz cuando sorprendido se detuvo frente a ella. No pudo resistir la tentación, no pudo detener el viaje de su mano. A través de los muros de la intimidad de su mirada le hizo sentir que estaba al borde de saber algo de sí mismo, o que quizá ya lo sabía y no tenía la fuerza para confesárselo. El símbolo del espejo dominó su voluntad. Partió el mazo y extrajo una carta de cada mitad. «El arcano de la justicia al derecho», dijo la gitana volviendo las cartas para observar detenidamente las imágenes, «y el cinco de espadas al revés. Hay un peligro que se cierne sobre tu cabeza, un peligro etéreo, como un sueño, si tu quieres». «¿Cómo sabes?», preguntó Franz, que no se podía apartar de la quiromántica, que no podía evitar sentir que le adivinaba el pensamiento. «El cinco de copas indica, al derecho, salvación, y al revés, la posibilidad de una condena. La justicia, en tu caso, es la que te debes a ti mismo. Seguramente se refiere a tu vocación. La única manera que encontrarás para realizarla, o de conjurar el peligro de extraviarla, será que te liberes de los muchos convencionalismos que tienen sujeta tu imaginación. Eso indican las espadas.» Me adivina el pensamiento, se repitió en silencio, evitando los ojos amarillentos de la bruja. «No», advirtió ella, «no adivino nada, leo las cartas y descifro tu mirada. No es tanto. Saca otra carta». Franz tomó la última carta del mazo que tenía a la derecha y él mismo la puso boca arriba. «El arcano mayor de Cáncer, que seguramente es tu signo», dijo la gitana con una sonrisa. «Es la clarividencia o la falta de ella. En este caso quiere decir que tendrás que descubrir cuáles son las reglas que te oprimen aunque las hayas olvidado.» «Vámonos, Franz», dijo Max Brod, «vámonos, no hagas caso». Solamente alcanzó a hacer una última pregunta antes de dejarse arrastrar. «¿Puede tener que ver con mi salud?» «Puede», contestó la mujer observando las cartas, «en cualquier caso, la salud a la que te refieres es más difusa: quizá salves tu alma y pierdas el cuerpo.

Quizá sea al revés. No lo sé, pero tú lo averiguarás muy pronto. Si la clarividencia de Cáncer te ilumina, lo sabrás pronto». Caminaba jalado por Max Brod como si hubiera perdido la voluntad, como si no pudiera decidir, por él mismo, quedarse o alejarse. La gitana aún lo veía cuando dieron vuelta en la *rue* Ravignac, antes de perderse en el bullicio de la *place du* Goudeau. Se soltó de la mano de Brod, miró a su alrededor con un cierto vértigo, como si algo lo hubiera detenido mientras el mundo entero seguía obedeciendo al mecanismo de un reloj pervertido. Todos hacían representaciones teatrales, todo era una comedia mediocre menos el mensaje que las cartas le habían transmitido. Las cartas con sus figuras fantasmales eran lo único real. «No puedes creer en estas tonterías, Franz», decía Brod buscando un café en el cual sentarse a tomar una copa, un lugar que les devolviera la tranquilidad. «No puedes creer en eso, simplemente no puedes.»

Y no creía, pero la advertencia de la gitana lo había dejado intranquilo, desasosegado. La existencia, pensaba, solamente tiene cierto interés en aquellos días en que el polvo de la realidad se mezcla con arena mágica, cuando algún incidente —por vulgar, intranscendente o maravilloso que nos parezca— se convierte en resorte literario. Había hecho aquel viaje harto de la vida en su casa, huyendo de su padre que lo atosigaba todo el tiempo con el trabajo, con la necedad de que atendiera la fábrica de asbestos en la que, presionado por él, se había asociado con su cuñado Karl, supuestamente para que se hiciera un hombre de provecho y abandonara sus desvaríos de escritor. No creía en supersticiones populares, pero el incidente con la quiromántica se había convertido en su arena mágica y desde entonces presentía, en sí, una conciencia fugitiva de lo que le pasaba; una cierta fuerza, también, para resistir las presiones de su padre; pero conjuntamente había concebido la sospecha de que algo siniestro se cernía sobre su cabeza.

Al otro día se compró un tarot, regresó al hotel y empezó a buscar aquellas tres cartas que había escogido con la gitana. Los sables cruzados del cinco de espadas le aterraron. Formaban un pentágono, insinuaban un círculo invisible. Giraban, parecía que giraban frente a él dando cuerpo al círculo. La justicia, en la otra carta, esperaba para que se hiciera justicia por su mano tal vez, sin que pudiera saber por qué o cómo llevar a cabo el mecanismo justiciero. ¿Tenía que matar a alguien, alejarse de algo, dañarse a sí mismo? Los dos perros del Arcano Mayor de Cáncer, el de la clarividencia, se observaban fijamente, el negro con la pirámide blanca detrás, el blanco, delineado por la pirámide negra, y un escorpión, escondido en un círculo como si lo iluminara la luna que se escondía, en la parte superior de la carta, tras unas nubes, insinuaba que el veneno de la muerte acecha a quienes se atreven a escrutar sin ninguna reserva los designios del porvenir. La clarividencia para descubrir el oscuro motivo de la justicia dependía del aliento de dos canes, de sus miradas, de que fuera capaz de evitar la picadura del alacrán. Observando las tres cartas surgió dentro de él una melodía en sordina, una música inentendible que su oído captaba a medias y a medias dejaba escapar, como si las espadas al girar produjeran rumores que el oído pugnaba por reunir, pero no llegaba a escuchar ni a armonizar del todo. Era la sintaxis que formaban las cartas al unirse, la sintaxis que ilumina u oscurece y se instala en el silencio, un paisaje que a su espíritu sólo le estaba permitido contemplar por un tiempo breve. Las cartas eran la realidad, la única realidad espectral a la que podía asirse, el resto era una representación falsa del mundo. «Salvaré mi alma y perderé el cuerpo», dijo sin saber a dónde lo conduciría esa afirmación. Quería descifrar un mensaje, traer a su alma la fuerza de la clarividencia, recordar las reglas olvidadas. En eso consistía la esencia de la revelación.

Esa noche, la última que Franz pasó en París, Brod encontró una nota en su habitación. Kafka se había acostado temprano y le pedía que no lo esperara para cenar, sentía mucho tener que dejarlo, pero regresaba a Praga en la madrugada. Max aceptó sus disculpas como otra de sus extravagancias. El final de la nota, sin embargo, le preocupó. «Poco me falta para encontrarme solo. Parece que mi esencia protectora se ha disuelto en esta ciudad como una apoteosis en la que todo lo que me mantiene vivo se escapa volando, pero mientras me ilumina por última vez con su luz humana. Me encuentro al borde de una revelación. No creo en la magia ni en las profecías como me pedías ayer, pero la fuerza de las cartas del tarot es irresistible. Así, me encuentro ahora frente a ellas, y pienso, sin poder explicártelo, que el cadáver de mi escritura debe volver a la vida, debe y puede ser puesto a salvo, aunque se hunda el hombre con su salvación.»

Había llegado —recordando aquella nota, casi escribiéndola de nuevo— hasta el puente de San Jorge y desde ahí vio la rueda inútil del molino del Gran Priorato. Praga estaba iluminada por una gran luna que perdía sus contornos en varias nubes fugaces, débiles, que cruzaban el cielo. Era ese breve y tranquilo instante que sucede entre el paso de la luz y la oscuridad, cuando, sin que lo notemos, todo se calla porque no lo miramos y creemos que desaparece, y ya fuera por esto, por sus recuerdos, o por cualquier otra causa, tomó conciencia de que la obsesión con las tres cartas del tarot todavía lo perseguía. Vio las figuras de san Wenceslao, de Cristo entre Cosme y Damián, y prefirió volver por la calle Saská. En la sintaxis que las cartas forman entre sí, se dijo, está la esencia de la revelación, pero tal vez también en la madeja de símbolos que se crea entre el tarot y la realidad. La clarividencia, pensó volviendo la mirada para descubrir una sombra flotando sobre el río, casaba con el sueño de su madre. También la justicia. De hecho había sido un sueño sobre la justicia, sobre la justicia que se hace enviando al hijo, o al tío, da igual, a América. Quizá Franz y Otto eran los dos perros del arcano de Cáncer y por ello su madre los había soñado como si fueran uno solo. Todo casaba, pensó Franz, dejando atrás las sombras, acrecentadas por la luz de la luna, de las estatuas del puente. ¿Y con qué casaba el *adagio* de Mozart? Evocó el tenue sonido de cada nota, el largo diálogo de la viola y el violín, la tristeza, la infinita tristeza de la melodía más bella que se hubiera escrito para un conjunto de cámara, una oración lunar en un desierto helado, como la había calificado su madre. Se volvió hacia la luna que en ese momento, como en ciertos cuentos de terror, apareció esplendorosa tras varias nubes y vistió de luces y sombras aterciopeladas las aguas del río Moldavia. Era la misma luna del arcano de Cáncer, la luna melancólica que inspiró a Mozart. Tuvo la tentación de hablarle y decirle: «Gracias a Dios, luna, que ya no eres luna, y tal vez sea un error por mi parte seguir llamándote luna». Entonces se dio cuenta de algo inesperado, se le ocurrió un nombre tal vez, o tuvo la revelación instantánea de una frase, y empezó a correr acompañado por una sombra, su sombra, que a menudo era más pequeña que él y corría sobre las paredes de las casas.

La última nota que aparece en el Diario, después de las líneas de los dibujos efímeros, debió de haberla escrito ya muy de mañana, antes de ir a trabajar: «Dormir, despertar, dormir, despertar. Perra vida».

IV

Dos años después, el 28 de mayo de 1913, cuando Julie K. había conseguido olvidar las consecuencias que le trajo aquella conversación que tuvo con su hijo sobre el sueño de América, Franz le entregó un librito que contenía, según aclaró, el principio de una novela que se iba a llamar *El desaparecido*. No era su primer libro (en enero había publicado *Meditaciones*, y dos meses antes, en la revista *Arcadia* apareció *La condena*, el cuento que cambió su vida de escritor), pero sí era la primera vez que Franz daba a conocer un relato largo.

Para entonces, Julie K. había aceptado la vocación de su hijo, y estaba enterada de la fragorosa lucha que su literatura libraba con la realidad. No era solamente por la dificultad que implicaba escribir, pensaba, sino por la maraña de emociones y percepciones con que quería descifrar la realidad, sus realidades: la del alma obsesionada con los detalles más absurdos, la de su vida aparentemente incomprensible por más placentera que pudiera parecer.

A Franz le era imposible pensar en trabajar en la fábrica y, simultáneamente, entregarse a su actividad de escritor, de la misma manera que no concebía que sus escritos tuvieran los méritos suficientes para ser publicados. Finalmente, al cabo de días y días de fragorosa lucha emocional, se encerraba en el callejón sin salida que le planteaban su ferviente deseo de escribir, lo poco que valoraba lo que escribía, y su inutilidad para cumplir con las obligaciones de la vida práctica. Alguna vez haría en su Diario una anotación reveladora de esta situación: «Mi empleo me resulta insoportable porque contradice mi único anhelo y mi única profesión que es la literatura, pero no comprendo las energías que es necesario derrochar para lograr tan solo una página bien escrita». ¿Era sabiduría?, ¿o todo se reducía a la falacia de la belleza que enmarañaba en una red de oro sus percepciones, quebrando el camino hacia la verdad y destruyendo, así, toda posibilidad de realización? Su madre había hecho todo lo posible por liberarlo de la condena que a sí mismo se infringía, pero ya se dijo, para Franz sus sentimientos eran artículos de fe, y buscaba el equilibrio, la forma de solucionar sus dilemas, por el inexplicable método del tormento.

Habría que añadir a la cadena de contradictorias emociones que la literatura le producía, la relación que había establecido con Felice Bauer, una suerte de amor adolorido, sin futuro, que no hacía otra cosa que arreciar la tormenta en el vaso de agua en que vivía. Quizá quien mejor haya comprendido lo desafortunado de esos amores fuera Max Brod, cuando escribió: «Si no llegaban noticias (de Felice), se sentía feliz. Si llegaban, le torturaban las dudas». Era una relación desgraciada en la que Franz se refugiaba sin que le sirviera de mucho. La amistad con Brod era el único asidero que mantenía con la realidad, sin embargo, tampoco le ayudaba, pues por admiración, cariño, o algo peor, por adoración, Max no le contradecía en nada, y lo consideraba casi un santo. En alguna conversación Julie K. trató de que aquel amigo que se calificaba a sí mismo de incondicional, intentara hacer más leve el peso moral que su hijo se había echado sobre la espalda, pero su respuesta fue lapidaria: «La categoría de la santidad es la única bajo la cual pueden ser contempladas la vida y la obra de Franz, y si él ha decidido que esa es la vida que quiere llevar, se debe sin duda a una iluminación providencial que engrandecerá su obra».

De ésta, la obra, la madre tenía la ambigua lectura de una novela breve que le trastornó el corazón; de su vida, en cambio, conocía con precisión los recovecos de la tortura. La publicación de ese cuadernito que contenía el embrión de una novela, pensó la señora Kafka, quizá hubiera resuelto el dilema en que Franz se debatía día y noche, quizá le abriera el camino a una vida más apacible, y por ello agradeció el regalo emocionada. Rompió el papel de la envoltura, acarició la textura rugosa de las tapas, pero su gesto de alegría se trasformó en sorpresa: sobre el título, *El fogonero, un fragmento,* la estremecieron las letras grandes, casi góticas, que anunciaban el nombre de la colección a la que pertenecía el volumen: *El Día del Juicio.* «No habrá escapatoria», se dijo. «¿Será este libro su dictamen, la sentencia que irremediablemente me tenía preparada?»

—Es tu sueño —dijo Franz sin notar el aturdimiento de su madre—. A ver qué haces con él.

¿O dijo otra cosa?, por ejemplo, «¿a ver qué te parece?», o «espero que te guste». ¿Qué dijo? Ella no pudo verle la cara, se quedó con la mirada fija en el anagrama que figuraba en la tapa, tratando de descifrar sus palabras: «Es tu sueño». No, no era ni un libro ni su sueño: era una amenaza. Lo supo por el tacto, por la misma sensación de sopesarlo con las manos, por el tono de voz con el que Franz se lo entregó.

En aquellos casi dos años, Julie K. había tratado de olvidar el sueño, la conversación sobre el sueño, el saldo de rebeldía que provocó en Franz, y su paulatino alejamiento de ella. No podría explicar qué sucedió, pero al día siguiente de aquel desayuno en que se confiaron lo que, con vago humor, llamaban sus aventuras oníricas, descubrió que algo nuevo había surgido dentro de él, algo que la inquietó y que ninguno de los dos supo enfrentar. Lo sintió, desde el primer momento, en los ojos extraviados con que Franz la miraba de tanto en tanto, en sus silencios prolongados, en la muda súplica con que vestía sus mínimas expresiones; lo supo prestando más atención a sus gestos que a lo que decía, observando la giba que empezó a hacérsele evidente cuando en las noches se despedía con una fórmula —cortés y fría— para ir a encerrarse en su habitación. Franz nunca fue muy afectuoso, más bien al contrario, pero nunca antes había alcanzado aquellos extremos de desapego. De pequeño estuvo muy cerca de su madre, pero en la adolescencia se separó de ella como si le tuviera miedo o se resintiera de que no lo defendiera lo suficiente de su padre. Sus reclamos y exigencia, aunque cariñosos, eran constantes: su madre tenía el deber de defenderlo, aunque en apariencia (al menos esto es lo que ella pensaba) Julie K. no entendía de qué debía defenderlo. Ciertamente Hermann Kafka era un padre exigente, pero no más que otros que ella conocía. Su hijo podría culparlo de ser terco, cerrado, obcecado, pero, en cualquier caso, no era un tirano, y ella no podía atribuir su nuevo y repentino alejamiento a un recrudecimiento de aquellos rencores. Sin embargo, desde la mañana en que Julie K. le contó el sueño de América, los antiguos reclamos se transformaron en desdén, perdieron la textura del cariño, y Franz se recluyó en sí mismo como nunca y optó por una relación convencional. Hablaban, es cierto, él le contaba alguna cosa de su vida, o le preguntaba sobre la familia, pero solamente en la ocasión fugaz en que Franz presintió que conocería a Felice Bauer, volvieron a recobrar la confianza que el relato de sus sueños le había proporcionado, pero ya no pudieron hacer mucho: el daño se había adueñado de sus palabras, de sus miradas, de sus almas, y no les quedaba más que abocarse a su destino. A sufrir, como ella temía, los designios anticipados del Día del Juicio.

En ese lapso solamente hablaron del sueño de América en dos ocasiones y en ambas de manera hiperbólica. En la primera, Franz interrogó a la madre sobre su tío Otto. Le pidió información, cartas, e incluso le solicitó su dirección para escribirle alguna vez. Julie K. le contó (con bastante desparpajo, según recuerda) que Otto era un aventurero, un tipo pagado de sí mismo que siempre presumía de sus éxitos. Le enseñó una fotografía en la que se ve a Otto Kafka de frente, con un gesto duro, severo, que intenta enseñar tanto la firmeza que lo caracterizaba como esconder la mirada soñadora de sus ojos almendrados: la melancolía del temperamento propio de todos los Kafka. «Tenemos los mismos ojos», comentó Franz observando la fotografía. «Los mismos», contestó Julie K., pensando que esa había sido la razón por la que los confundió en su sueño, o por la que, en la vigilia, no sabía con cuál de los dos había soñado. Seguramente recordó esos ojos y ante la sorpresa no supo distinguir si pertenecían a Franz o a Otto. ¿Los había mezclado o simplemente se confundió intentando descifrar los vericuetos del significado de su sueño? No dijo nada porque ya era muy tarde para hacer aclaraciones. El don súbito de la memoria no siempre es sencillo, a menudo tenemos cerca de nosotros, en esos primeros minutos en que salimos del sueño, una variedad de mensajes que desnudan la realidad, como si fueran un juego de cartas, pero después los significados se van, se alejan, como si la faz de las cartas se borrara. Un hombre que duerme tiene a su alrededor el orden de sus mundos; un hombre despierto está al arbitrio de sus propias confusiones. «Otto es un aventurero con fortuna», fue lo único que se atrevió a comentar Julie K., «según le escribió a tu padre hace poco, acaba de fundar en Nueva York una empresa de exportaciones que se va a llamar algo así como Distributing Corporation, y está a punto de casarse con una chica americana». «Es un triunfador», comentó Franz. «Sí, puede ser. Un triunfador», concluyó la madre, arrepentida de su posible confusión, aunque sabía que su contrición sólo la haría merecedora de un alivio tan pasajero como estéril.

La otra conversación le trajo consecuencias más severas, pues tuvo que ver con el Quinteto de cuerdas de Mozart, a propósito de la gira que a principios de 1912 hizo por todo el país el Cuarteto de Bohemia, también conocido como Cuarteto Checo. Aquel era sin duda el grupo musical más importante del momento, con grandes éxitos fuera del país (acaban de regresar de una gira triunfal por Francia), en el que, curiosamente, participaba Oskar Nedbal, el violista que había cedido su lugar a Julie K. en el único concierto público que ésta ofreció en su vida. El reencuentro con la ciudad de Praga, y sobre todo con la nueva intelectualidad de lengua alemana, parecía entusiasmar desmedidamente a los miembros del grupo de cámara, quienes estaban ávidos por saber lo que sucedía en cualquier lugar donde se reunieran los jóvenes artistas praguenses. Josef Suk, el segundo violinista (casado con una hija de Dvorak), estuvo en la lectura que Max Brod hizo en el Hotel Erzherzog Stefan de un fragmento de *Ricardo y Samuel*, la novela que escribía en colaboración con Kafka, y había trabado conocimiento con Franz al final de la velada. Suk era el prototipo del caballero de fin de siglo, de buenas maneras y siempre vestido a la moda, con una huella de añoranza en su mirada acuosa. Se acercó a Kafka con una discreta cortesía y lo felicitó efusivamente por lo que había escrito con Brod. Inmediatamente se sintieron en confianza, hablaron de música, de las últimas obras de Janácek (de quien el músico parecía ser muy amigo), y en general de la influencia de la ciudad de Praga —su arquitectura, sus misterios, su historia— en los grandes compositores alemanes del período clásico. Kafka, con su timidez habitual, se había interesado en la conversación sobre Leos Janácek, músico al que no conocía pero de quien su amigo, el actor yiddish Jizchak Löwy, le había hablado maravillas. Finalmente, Suk lo invitó al concierto que el Cuarteto de Bohemia ofrecería en el Café Savoy, un bar de poca monta, donde, en una sala adjunta, se reunía la vanguardia praguense. Iban a interpretar el *Cuarteto Opus 132* de Beethoven, y el *Quinteto en sol menor* de Mozart, las dos obras más tristes de la literatura musical alemana. «Estamos buscando quien nos acompañe con la viola para la obra de Mozart», le comentó el músico, «si conoce a alguien avísenos». Franz no se sorprendió, en ese tiempo todo parecía encajar en la cuadrícula del destino, y le dio a aquel encuentro el valor de una casilla en un juego de ajedrez. «El tiempo da vueltas», se dijo, «vueltas en círculos eternos».

Al día siguiente comentó con su madre la visita del Cuarteto Checo, y la casualidad de que estuvieran buscando quien tocara el alto. «Podrías volver a interpretar a Mozart y recuperar la tristísima melodía de tu juventud.» Puesto el acento en la palabra «tristísima», Julie K. evocó la tonada que tantos recuerdos le traía y que inesperadamente había aparecido en su sueño. «¿Quieres entrevistarte con Josef Suk?, tocarías al lado de Nedbal, en lugar de sustituirlo?», agregó Franz, guardando sus intenciones en el fulgor amarillo de sus pupilas. «¡Claro que no!, ya estoy muy vieja», respondió la madre esbozando una sonrisa de coquetería sin intención. «Quizá descubrirías lo que significaba esa música en tu sueño», agregó Franz hurtándole la mirada. «No, no, ni me lo menciones, que siento un escalofrío», concluyó ella.

El día del concierto, sin embargo, la señora Kafka se presentó en la improvisada salita de conciertos sin que Franz lo notara. El Café Savoy estaba en la Ziegenplatz del viejo barrio judío, en los bajos de un típico edificio de arquitectura romántica checa, con sus remates bizantinos que le dan ese sello de excentricidad al gueto de Praga. Cruzó el bar sin hacer caso de los parroquianos, se metió en el pequeño teatro y se quedó parada en un rincón, detrás de la última fila. Observó que Franz estaba con Brod en la parte delantera, charlando animadamente. Su cabeza —demasiado grande para el tamaño de los hombros, enmarcada por las orejas de murciélago— destacaba entre las de todos los demás. Lo vio con cierto morbo, como si no lo reconociera. Ahí, sentado entre tanta gente, parecía que nada podría quebrar aquel aspecto despreocupado, corromper esa alegría.

Escuchó el concierto con devoción. El Cuarteto de Beethoven sumió al auditorio en un amargo pesar. El *molto adagio* era la canción de un convaleciente que no quiere alejarse de la vida, pero que está condenado a muerte. Era prácticamente una marcha fúnebre. Había un dolor profundo en la lentitud de cada nota, como si cada una se quedara resonando en las cuerdas de los instrumentos. Era un dolor largo, interminablemente largo: el *largo* más lento que jamás hubiera escuchado, un *largo* enfermo que no se resignaba a morir. El pesar era enorme, y el público parecía preso en aquel canto profundamente melancólico. Estuvo a punto de llorar, pero le pareció ridículo, cursi. Había algo en la *Canzona* que le recordaba a su hijo: sus eternos lamentos, la tristeza que llevaba en la mirada, su andar encorvado, la risa que soltaba muy a su pesar. Era la melodía del hombre que Franz había representado hasta entonces, la que mejor lo habría descrito.

Quién sabe durante cuánto tiempo se perdió en los laberintos de su pensamiento —en los recuerdos de la infan-

cia de Franz, en los lejanos estudios de música que la llevaron a participar en un solo concierto en su vida, y en los
vericuetos de su cariño de madre, siempre condicionado a
las exigencias de su marido o a los requerimientos capri-
chosos de sus hijos— pues recuperó la conciencia cuando
los músicos ya interpretaban el *adagio* de Mozart. El dolor
de Beethoven había sido sustituido por la graciosa tristeza de Mozart. Al menos eso le pareció al principio, pero inmediatamente se percató de que la diferencia radicaba en
la esperanza que acentuaba la presencia de la segunda
viola. La *Canzona* de Beethoven era un canto desesperado
por la vida que se ve desde la orilla de la muerte, mientras
que la de Mozart era la de alguien que, vivo, parece desti-
nado a sacrificar algo esencial e íntimo, pero que, sacrifi-
cándolo, se salva. La primera era una despedida, la segunda un lamento profundo por vivir. La interpretación le
pareció sobrecogedora, ensimismadamente bella. Esa era
la expresión: ensimismada. Las cuerdas se habían apoderado de un algo interior del que la composición hacía os-
tentación, algo definitivo, de donde surgía la profunda
tristeza en la que cada nota estaba inspirada. Si en la pieza
de Beethoven las notas parecían desfallecer en las cuerdas
y no querían abandonar los instrumentos, en ésta daban la
impresión de revolotear melancólicamente en torno a los
intérpretes. Recordó las palabras de Jan Kvapil, quien la
había dirigido muchos años atrás, y comprendió que tenía
razón: había algo más que un lamento por la muerte (por
la inminente muerte del padre de Mozart, recordó): lo
suyo, lo propio, su tema, era el deseo de vivir aunque hubiera que deambular por los territorios del sueño eterno.
¿Resucitar —se preguntó Julie K.—, conservar el aliento
creativo ante las miserias de la hora suprema, o salvar
una parte de la vida aunque la otra muera? «Es una suerte
de música fáustica», había dicho el director, «una canción
en un desierto helado que pronuncia alguien que contem-

pla a un moribundo. Es la ambigua lucha de un ser hambriento de vida en medio de la muerte: el Golem, que padece una infinita miseria espiritual».

Se alegró de recuperar, en aquel instante, las palabras que habían marcado su sensibilidad durante toda su vida. Se podía decir que continuaba bajo los efectos estimulantes y fortalecedores de aquellos ensayos en que aprendió a interpretar el *adagio*, cuando tuvo una visión que no se atrevió a aceptar como real (que no se atrevería todavía, doce años después, a calificar de real): le pareció que Franz se levantaba de su asiento, que medio se elevaba y danzaba o flotaba en el aire al ritmo de la melodía. Tuvo la espantosa sensación de estar presenciando un conjuro, de ver volar el alma de su hijo, maléficamente, como si se hubiera desprendido de su cuerpo y estuviera abrazando el vacío. Embargada por un vahído que por una parte parecía espolearla pero por otra inmovilizarla, se retiró asustada, con los acordes de Mozart persiguiéndola hasta la calle. El eco, la melodía lejana, apagada del último movimiento del quinteto (audazmente otro *adagio*, que también prolongaba las reminiscencias de la muerte), adquirió la misma textura que recordaba de su sueño. Lo evocó, lo percibió claramente, como si estuviera soñando de nuevo, y recordó la advertencia que le había hecho su hijo: «Quizá descubrirías lo que significaba esa música en tu sueño». ¿Había adquirido poderes adivinatorios?, ¿algo lo había transformado tan íntima, tan malévolamente, que la advertía de los efectos de sus culpas?, ¿se los debía a la música, a la íntima capacidad de la que estaba naciendo su genio?

Nunca volvió a hablar con Franz de aquel concierto, nunca le dijo que había estado ahí, en el Café Savoy, y que tuvo la impresión de que su alma —¿qué otra cosa?— danzaba a su alrededor. No le dijo lo que temió esa noche, lo que venía temiendo, crecientemente, en todos esos días:

su sueño había desatado en él algo desconocido; algo que seguramente estaba asociado con la música; algo que era la causa de su alejamiento y desdén.

Trató de olvidar todo —el concierto, el sueño, las cartas y la fotografía de Otto, todo a lo que se atrevió en las siguientes noches— y casi lo había logrado cuando Franz le entregó su relato de *El fogonero*. Su sueño, como él le dijo. «A ver qué haces con él, madre», tuvo la impresión de que había agregado antes de sucumbir a un ataque de tos que lo tiró en un sillón. Ella se retiraba a su habitación sin decir nada, casi con vergüenza, presa del Día del juicio anunciado en la tapa. No quiso detenerse, lo vio de reojo acoger su pecho convulsionado por estertores y esconder la barbilla en el cuello. Se encerró aterrorizada en su cuarto.

Quizá en ese momento empezó a aceptar lo que había intuido desde que descubrió el efecto que la música de Mozart obraba en su alma: su hijo estaba entregado a las fuerzas de las que surgían sus escritos, entregado a otra comprensión de la vida que implicaba que hubiera elegido morir paulatinamente. Franz se salvaba, como sugería el *adagio*, pero algo en él sucumbía ante el embrujo de la melodía. Era un trueque con el diablo, un cambio, al menos, de otro orden. Se le heló el alma y sintió miedo de sí misma. Se sintió culpable. Sabía que era culpable, por omisión quizá, pero culpable. Sintió rabia, aunque tal vez confundió con ira el deseo de que Franz se muriera en el ataque de tos, que se fuera muriendo poco a poco, siempre poco a poco, hasta consumir su vida en la hoguera que habían encendido entre los dos.

«Hace doce años de eso», se dijo, aturdida, mirando su figura en el espejo, tan aturdida como cuando recibió *El fogonero* y fue a leerlo, estupefacta, a su habitación, ocho meses después de aquellas noches malditas que se iniciaron la madrugada del 23 de septiembre. «Por muchos años que viva», pensó con melancolía, «volverán siempre mis ojos a esa noche, a esa luna negra que no existe, a ese viento, a esa calma, a esa soledad, a esa casa». Si Franz se había apropiado de su alma relatando su sueño, a ella no le quedó, como lo hizo, más que acompañarlo en su ruina. Él había tenido la literatura y la tuberculosis por delante, a ella le quedó la rutina familiar y el abandono. Se había equivocado, se había equivocado profundamente, tanto como cuando Max Brod le advirtió que Franz estaba pensando en suicidarse. ¿Cuánta gente se dejó embaucar por Franz, cuántos creyeron en su desasosiego, en su ruina emocional? Muchos. Sus hermanas, ella misma, pero sobre todo su amigo Max Brod, con quien su hijo mantenía una correspondencia intensa, y a quien hizo depositario de confidencias que lo habrían avergonzado en público. «Usted también se equivocó, doctor», volvió a pensar Julie K. sin apartar la mirada del espejo, «creyó todo lo que le dijo, todo, sin sospechar que cada palabra, cada gesto de Franz iba cargado de una intención distinta a la de su simple significado. Usted también, como yo, se equivocó.» ¡Le ha llevado tanto tiempo reconocer esa simple verdad que debió aceptar desde la noche en que leyó *El fogonero!* ¡Habría sido tan fácil! Quizá se hubiera liberado de la tiranía de sus sentimientos. «Nos equivocamos, Max, tu amigo no iba a suicidarse. Mal interpretamos su mandato, como él lo llamaba: Franz estaba dispuesto a cualquier cosa, hasta robarme mi alma con tal de escribir, pero no a matarse.»

V

Curiosamente, el Diario de Franz Kafka no hace ninguna alusión a la breve conversación que sostuvo con su madre acerca de la casualidad de que el Cuarteto de Bohemia estuviera solicitando quien los acompañara con la segunda viola para interpretar el Quinteto de Mozart. Tampoco menciona el concierto del Café Savoy, aunque, sin embargo, el 15 de agosto recoge detalladamente la conversación que sostuvo con Josef Suk en el hotel Erzherzog Stefan. Es un recuerdo, no un testimonio, pues la nota aparece al día siguiente de que dirigiera una carta a su editor Ernst Rowohlt, anunciándole que ya le había enviado las piezas cortas que formarían su primer libro, *Meditaciones*, y la entrevista entre Kafka y el músico debió de haberse realizado, al menos, tres semanas antes. De cualquier manera, por la coincidencia en la cita, ambos hechos sin duda debieron de estar, para él, ligados:

«Muy distinguido señor Rowohlt», dice la carta: «Someto a su consideración las pequeñas prosas que deseaba ver; probablemente forman ya un pequeño volumen. Cuando las reunía con dicha finalidad, tenía que elegir entre apaciguar mi sensación de responsabilidad y ese deseo de tener también un volumen mío entre los hermosos libros que usted publica. La verdad es que no siempre he tomado una decisión totalmente clara. Pero ahora, naturalmente, sería dichoso si a usted le gustaran lo bastante como para publicarlas. Después de todo, aun poseyendo la máxima práctica y la máxima comprensión de estas cosas, no se ve a primera vista lo malo que hay en ellas. Casi siempre la personalidad individual del escritor consiste en que cada uno oculta lo malo a su manera».

Evidentemente, Kafka sufría en aquellos días, que calificaba de «largo tormento», por la dificultad de terminar sus pequeños fragmentos en prosa, y no es posible discernir qué era lo que más lo angustiaba, si la inestable decisión de publicar los textos, los textos en sí mismos, o el desesperante trabajo en la fábrica de asbestos. «No he escrito nada», escribe el 10 de agosto. «He estado en la fábrica tragando gas en la sala de los motores durante horas... Abominable fábrica.» Y el día 14, después del envío del paquete a la editorial, anota: «Si Rowohlt lo devolviera (el manuscrito) y yo pudiera volver a guardarlo bajo llave y dado por no hecho, me sentiría tal vez mejor, pero seguramente tan desgraciado como antes».

Sufría, simplemente sufría por encontrarse en el callejón sin salida en que su escritura y las obligaciones impuestas por el trabajo libraban una lucha sin cuartel, pero no es difícil suponer —por lo que escribe y el estado general de sus *Meditaciones*— que se hallaba en el umbral de un cambio definitivo, que quizá presintiera, y que lo conduciría a escribir con libertad. La literatura, sus escritos, requerían de una atención que hasta entonces no había podido conseguir, y por ello, tal vez, recordara la conversación con el violinista Josef Suk. Vale la pena reproducir la página completa del Diario que ocupa la reflexión del día 15, para comprender la situación emocional en la que Franz Kafka se encontraba en aquellos días:

«He vuelto a leer viejos fragmentos de este diario del que surgieron mis *Meditaciones*, y en lugar de apartarlas de mí he vuelto a sumirme en mis contradicciones, en mi impotencia. ¿Valdrán algo, se justifica que quiera publicarlas? Vivo tan irracionalmente como puedo. Pero de ello tiene la culpa la publicación de las treinta y una páginas que me exigió Rowohlt. Y aún es más culpable, en cualquier caso, mi debilidad, al permitir que mis continuas dudas me influyan. En lugar de sacudírmelas, estoy sentado y medito cómo podría expresar mi incapacidad del modo más ofensivo posible. Ofensivo para mí, para mi impotencia y todo lo que la provoca, pero mi tremenda calma me quita la inventiva. Lo único que me conforta es la curiosidad por saber cómo encontraré una salida a esta situación, y no dejo de pensar en lo que me contó Suk acerca de Leos Janácek, de su forma de escribir y de los tormentos que lo invaden. Según él, hace años que Janácek se aferra a una idea que no cristaliza: componer un trío inspirado en *La sonata a Kreutzer*. Le pregunté si inspirado en la novelita de Tolstoi o en la sonata de Beethoven. "En ambos", me respondió. Es natural, la novela y la obra musical están íntimamente ligadas, ¿pero por qué partir de una obra previa, o peor aún, de dos obras que le preceden? Janácek, después de todo, es un músico conocido por su originalidad. "Es una obsesión que tiene", me comentó Suk. "Muchas veces la creatividad toma la ruta del robo. Leos tiene necesidad de usurpar una historia tanto de Beethoven como de Tolstoi, para hacerse con un tema que sea, digamos, la cifra de sus emociones. ¿Para qué va a buscar lo que ya encontraron otros? A mí me sucede algo similar, fíjese, en muchas ocasiones utilizo frases de composiciones anteriores que me dan el tono, la idea de lo que quiero expresar. He recibido muchas críticas, pero no me importa, no soy el único que lo hace, Gustav Mahler, ¿ha oído hablar de él?, hace lo mismo, y es, seguramente, el gran músico de nuestro tiempo."

»No puedo dejar de identificarme con Janácek, con su desesperación, su impotencia y el inevitable deseo de robar algo que solucione sus angustias. Recordé las noches de insomnio que he dedicado a este tema desde mi desafortunado viaje a París, pero, sobre todo, desde el sueño de mi madre. Robar, apoderarse de algo que no nos pertenece. ¿Para qué buscar lo que ya encontraron otros? Tolstoi, Beethoven, Dickens, Julie K.: el sueño de mi madre. Según Suk, los cuatro miembros del Cuarteto de Bohemia visitaron a Janácek en su estudio para solicitarle que compusiera una obra para ellos. "Para comisionarle un Cuarteto", fue la frase que utilizó. Janácek les mostró el bosquejo, que ya tenía comenzado de un trío, no de un cuarteto, sobre el tema de los celos, inspirado en la obrita de Tolstoi. "Está enamorado de una mujer varios años más joven que él", me dijo, "que vive en otra ciudad, y los celos lo están matando. Sólo piensa en ella, le dedica sus obras, pero sospecha que tiene otros amantes". Pensé en el personaje de la novela de Tolstoi, el atormentado Posdnichev, quien por celos asesina a su mujer cuando la sorprende con su supuesto amante, un violinista con quien ensaya la famosa sonata de Beethoven, que según me explicó Suk toma su nombre de la dedicatoria a Rudolphe Kreutzer. Hay muy pocas descripciones tan certeras de los efectos de la música, le dije, como la que hace Tolstoi, y cité de memoria un pasaje que me había impresionado: "La música contiene un poder hipnótico que debería obligar a los músicos a interpretarla solamente en los sitios adecuados, y sólo cuando hay que provocar las acciones que le corresponden. Tocar, luego hacer lo que ha sugerido la música". Sonrió y me dijo que aquel, precisamente, había sido el comentario de Janácek. Tocar, y luego hacer lo que ha sugerido la música. Eso era lo que él estaba haciendo, y pidió que uno de ellos lo acompañara al violín con el primer movimiento de la sonata de Beethoven. Suk lo hizo complacido. "Está robándole al gran maestro para reflejar el tormento de su alma", concluyó Suk emocionado. "La pieza de Beethoven es apasionada, pero no trágica; la tragedia, el desasosiego, los celos, están en la novela, y todo ello junto, en el pobre Janácek."

»No comentamos nada más pero me quedé pensando en lo que me había dicho. tomar prestado, robar, citarse a sí mismo, e intenté imaginar cuáles son los lugares adecuados para interpretar música, cuáles los propios para efectuar un robo. Pensé en Janácek escuchando la música de Beethoven. ¿Se le habrá ocurrido algo en ese preciso momento?, ¿le habrá pasado algo similar a lo que yo sentí escuchando el sueño de América que me contó mi madre? Lo imaginé cautivado, vagando por un mundo que repentinamente la Sonata abrió frente a él, y que habría de conducirlo hasta un alimento desconocido, ardientemente anhelado. Debió de sentir entonces, como yo, el irrefrenable deseo de sentarse al piano para escribir las primeras barras de lo que será su primer cuarteto, al que seguramente llamará *La sonata a Kreutzer.* ¿Podría yo hacer lo mismo?, ¿iniciar en este momento un relato que llamaría *El sueño de mi madre?* Tocar, y luego hacer lo que ha sugerido la música. Después de todo, es un sueño con música, acompañado por una melodía tan triste que seguramente indica el tono en que el relato debe ser escrito. Debería hacer lo que me sugiera la música. Debería. ¡Qué ganas de encontrar una salida parecida a la de Janácek! ¡Qué no daría por saber cómo voy a solucionar el dilema en que me encuentro! Pero no me dejaré atropellar aunque tampoco tenga idea del verdadero camino. ¿Cómo acabará esto? ¿Quedaré definitivamente atorado como una gran masa en mi angosto camino?»

La cita del Diario se interrumpe aquí, hay dos renglones vacíos y una frase que, en el contexto, suena espeluznante: «Por la noche, el rezongo de mi pobre madre porque no como».

VI

La alusión a que Max Brod y Julie K. se habían equivocado al interpretar los propósitos de Franz tenía varios fundamentos. La madre no sólo basaba su opinión en una breve entrevista que tuvo con el mejor amigo de su hijo, sino en la intuición fulgurante que tuvo después de que Brod le enviara una nota advirtiéndole de una cierta tendencia suicida que había surgido en Kafka. «Acabo de recibir su estimada carta», recuerda haber respondido, después de leer aquella nota de advertencia, «y reconocerá usted, por mi letra temblorosa, la impresión que me causó. Aquí estoy, impotente, yo que daría la sangre de mi corazón por cada uno de mis hijos. Hoy mismo hablaré con Franz, y sin hacer mención a su carta le diré que ya no necesita ir a la fábrica. Ojalá esté de acuerdo y se tranquilice. También le pido, estimado doctor, que lo tranquilice usted y le agradezco su cariño por él.»

Había sido sincera, sin la menor duda, pero la carta, la advertencia misma, la puso sobre aviso de algo que se negaba a aceptar: su hijo pensaba cada día con más frecuencia en la muerte. Ella lo adivinaba a través de las ojeras que lucía por las mañanas su mirada, en la ausencia de brillo de sus ojos, en los dedos engarrotados de sus manos. Julie K. trataba de escudriñar en su alma, pero Franz se había vuelto esquivo y pasaba las noches en vela, escribiendo hasta las tantas de la madrugada, presa de una agitación febril que nunca antes había sentido. Esa fiebre, imaginaba su madre, era el origen del paulatino deterioro de su salud.

Era una época difícil para todos. La eterna disputa padre-hijo había tomado el perfil definitivo del desprecio, y por medio de miradas, palabras truncas y rodeos, se comunicaban las variadas razones de su rencor: el de su esposo porque estaba enfermo y necesitaba que el hijo lo ayudara, o mucho peor, reclamaba la presencia de Franz en la fábrica porque tenía miedo a morirse y necesitaba alguien a quien dejar al frente de la familia. Franz, por su lado, quería que entendieran que no podía hacer nada, era un inútil, un inválido para cualquier tarea. Julie K. trataba de mediar, calmaba al padre y pedía al hijo que hiciera el esfuerzo de ir un rato a la fábrica y vigilar el trabajo. «¿Y el capataz?», preguntaba Franz, «¿no está él mejor capacitado que yo para vigilar a los trabajadores?». Claro que sí, respondía la madre, pero los capataces solamente atienden los negocios si los patrones los vigilan, y Franz era uno de esos patrones, no debía olvidarlo. «Tu padre está enfermo, Franz», agregaba, «debes ayudarlo». No quería chantajearlo, sólo deseaba que entrara en razón. No era mucho, pensaba ella, unas cuantas horas al día para dar confianza a los trabajadores. Pero esas pocas horas representaban un sacrificio que estaba más allá de las fuerzas del hijo. «Mi padre sólo quiere provocarme miedo», decía Franz, «para que no haga otra cosa que trabajar en lo que él quiere y me olvide de escribir. Miedo, solamente miedo, es lo que me desea». Julie K. no sabía qué más argumentar, quedaba colocada como tantas veces en el vórtice de la disputa entre su esposo y su hijo, incapacitada para ayudar a uno o al otro.

Max Brod, con el propósito de que comprendiera a su amigo, le adjuntó a la suya una carta que le había enviado Franz después de una de las tantas peticiones inútiles de la madre. «Pues bien, al recomenzar esta noche mi madre la eterna cantaleta sobre la necesidad de que cumpla con mis obligaciones, reconocí claramente, mientras la amargura —o mejor, la hiel— me corría por todo el cuerpo, que me quedaban únicamente dos posibilidades: esperar a que todos se fueran a dormir y arrojarme por la ventana, o ir durante los próximos catorce días cotidianamente a la fábrica sin protestar.» Su dilema estaba claro, pero ni ella ni su esposo lo comprendían: ir a trabajar significaba para Franz interrumpir su escritura, y esa interrupción, en consecuencia, que su alma se marchitara al punto que, antes de volverse un empresario común y corriente, habría preferido lanzarse al vacío.

Julie K. trató de establecer una tregua con su hijo tal como se lo había solicitado el doctor Brod, y una noche, en vez de pedirle que fuera a la fábrica, le informó de que había contratado a alguien para suplirlo en la fábrica, que ya no se preocupara. Franz la escuchó en un estado parecido a la inconsciencia. Apenas la veía, apenas comprendía lo que le estaba diciendo. La señora Kafka creyó que su hijo estaba levitando, que se había fugado a otro lugar, y que con su llegada intempestiva no le había dado tiempo de regresar al cuerpo. Era cerca de la media noche y la casa estaba sumida en el silencio. La madre vio, por debajo de la puerta, la luz encendida en el cuarto de su hijo, tocó sigilosamente, y lo encontró, sobre la mesita que había colocado junto a la ventana abierta, escribiendo en unos cuadernos verdes. Se volvió a verla, indeciso, ausente, y a Julie K. le pareció que tenía la mirada inyectada con fuego, no por el color o los ojos enrojecidos, sino por la luz que despedía. Franz la escuchó sin responderle.

—¿Qué escribes? —preguntó ella para romper el silencio.

—Un cuento —respondió Franz con una voz cavernosa.

—¿De qué trata?

—No sé. De la ciudad. De un sueño. No sé bien.

—¿No sabes bien, o no me lo quieres decir?

—No, no es eso. Me resultaría difícil explicártelo. Sé que se va a llamar *Descripción de una lucha,* lo cual no te debe de decir nada, pero yo tampoco sé de qué trata. Llevo trece meses tratando de escribirlo.

—Bueno, no importa, ya me lo enseñarás cuando lo termines —lo interrumpió su madre, sorprendida por la exactitud con la que Franz medía el tiempo de su escritura—. Sólo quería confirmarte que ya no tienes que ocuparte de la fábrica. Desde mañana tendremos a una persona de confianza ocupándose de tus asuntos, un gerente digamos. Olvida tus angustias y dedícate a escribir.

—¿Qué angustias?

—Las de ir a trabajar, por supuesto.

—Ah, sí, claro. Las angustias.

Julie K. se percató de que estaba ahí de más: lo único que su hijo quería era estar solo, escribiendo, entregado febrilmente a su mirada de fuego. Se retiró sin darle las buenas noches, y él se encorvó, sumiéndose entre sus papeles.

Salió de la habitación pero se quedó parada en el pasillo, escondida en la penumbra, observando por la puerta que dejó entreabierta la espalda curvada de Franz, que oscilaba por los movimientos que la mano hacía al escribir, como si le hubieran echado encima un caparazón rugoso.

Se quedó impávida, pasmada, al ver la vehemencia con la que Franz escribía, con todo lo que esa pasión, cual-

quier pasión, tiene de terrible, desconsiderado y cruel.
Hacía muchos años que no admiraba un espectáculo como
aquel —el de la pasión al rojo vivo—, quizá desde los ensayos musicales en los que participó para acompañar al
cuarteto polaco. Sintió envidia, se supo expulsada del Pa-
raíso y recordó la amenaza de suicidio. ¿Quién de los dos
la había inventado, su hijo o su amigo? Decidió que al otro
día se encontraría con Max y le pediría la explicación que
su hijo no había querido darle. Lo decidió sin apartar la
mirada de Franz, sin saber lo que sentía al verlo ensimis-
mado en sus cuadernos. Quería irse pero no podía, estaba
como encantada, atenta al silencio que reinaba. Surgió entonces una melodía en sordina, una música intermitente
que su oído percibía a medias y a medias dejaba escapar,
algo que tenía cierto nexo, a pesar de intermitencias y asonancias, con el zumbido de un insecto. Era la respiración
silbante de su hijo, un silbido que surgía de sus pulmones,
una especie de temblor que acompañaba el arrastrar del
lápiz. Rumores que el oído de Julie K. pugnaba por reunir
pero que no llegaba a escuchar ni armonizar del todo. Era
su respiración, no cabía duda, el aire que apenas entraba a su
cuerpo salía angustiado. Pensó en la armonía de una palabra que desfallece y se instala en el silencio, pensó en lo li-
mitado de los deseos, en lo incomprensible que es la vida.
Afuera, tras la ventana del cuarto, vio que la noche estaba
como amortiguada por láminas de cristal que, lejos de
aportar una visión fidedigna del mundo exterior, lo volvían extrañamente movedizo, y que dentro de la habitación la realidad parecía morir en la imagen de Franz que
oscilaba y se desvanecía acuosamente. Era su respiración
que, como todo lo demás que estaba pasando, se convirtió
en un símbolo.

Tuvo la sensación de que si fuera capaz de reunir los
hechos de ese día —la carta de Brod, la idea del suicidio,
la fábrica y la respiración silbante de su hijo— habría cap-

tado la verdad de las cosas, de esas cosas que en ese momento cifraban la vida entera. «La vida», pensó, y se le truncó el pensamiento. Habían transcurrido trece meses exactamente desde que tuviera el sueño de América, meses insulsos pero esenciales para la secuencia de su desamor, el mismo lapso que Franz llevaba escribiendo su *Descripción de una lucha*.

Al día siguiente se citó con Max Brod en uno de los cafés del centro. No sabía con qué propósito exactamente, pero necesitaba verlo para aclarar con él la posibilidad de que la amenaza del suicidio se llevara a cabo.

—¿Cree usted todo lo que Franz le ha contado en su carta? —preguntó Julie K. con voz entrecortada, con la imagen fija de su hijo sobre la mesa de trabajo.

—Absolutamente. Ustedes no parecen darse cuenta de las angustias por las que pasa Franz e ignoran el sufrimiento que se ha apropiado de su alma.

—¿Quiénes somos nosotros?

—Su marido, usted, sus hijas. Perdóneme que me meta en lo que no me importa, pero estoy muy preocupado por Franz, y su familia no presta ninguna atención a los males que le aquejan.

Julie K. tomó la taza de té y sorbió un poco. Dejó vagar la mirada por el salón que, a esas horas, las once de la mañana, estaba ocupado por unos pocos parroquianos. Max Brod parecía estar enterado de más cosas de su hijo que ella misma. Nunca había hablado con tal claridad de lo que sentía ni con ella ni con su padre. Siempre guardaba silencio, un silencio recriminatorio, alimentado con odio. Pero ese silencio, con su amigo, se transformaba en la prosa transparente de una carta que lo explicaba a la perfección, aunque quizá, bien leída, engañaba perfectamente. No hay nada más complejo que la percepción humana, nada más fallido, nada que nos provoque este falso sentimiento de perfección.

—No sé qué decirle, doctor. No coincido con lo que usted piensa, ni siquiera con lo que mi hijo le ha escrito. Me parece que es otra cosa la que sucede. Franz necesita para vivir ese sufrimiento que a usted tanto le angustia. Le gusta colocarse al filo del dolor para sentir que vive. No tiene noción del placer.

Estaba hablando de su hijo como si de otra persona se tratara. Estaba diciendo cosas que tenía enterradas en el alma, que, en otra circunstancia, ni a ella misma se habría atrevido a confesar. ¿De dónde las sacaba, en qué gaveta de su pensamiento las había guardado al punto de que habría querido olvidarlas, o que de hecho había olvidado? La carta había sido el resorte para sacarlas a la luz. La carta, las creencias de Brod, y la imagen obsesiva de su hijo volcado sobre su mesa de trabajo. No quería justificarse, ni siquiera hacerse pasar por una persona diferente, pero repentinamente se dio cuenta de que quería explicarse, comprender lo que le pasaba con Franz, solamente eso, y como si obedeciera a una voz clarividente empezó a hablar. ¿No se crean las cosas cuando las expresamos?, ¿no resultan al menos más significativas? Sentía irremediablemente que tenía que dar ese paso, que algo, oscuramente, se lo exigía. A eso se reduce eso que llamamos «conocer a los hijos», «tenerles cariño», «saber lo que más les conviene». Nos pasamos inventando historias sobre ellos, creyendo que tendrán un futuro mejor que el nuestro, y a eso le decimos maternidad, paternidad, arrobo. Eso había hecho ella durante muchos años y ahora venía a saber otras cosas, aunque, también había que aceptarlo, a través de aquellas historias, de esas fantasías que su supuesto cariño fraguaba, descubrió la realidad de Franz.

—Me va a perdonar que le diga estas cosas, doctor —agregó Julie K. forzando una sonrisa—, pero creo que es así. Franz nunca ha aprendido el sentido del placer, de ningún placer.

Lo miró a los ojos calladamente. La señora Kafka había urdido, sobre aquella frase brutal, toda la estructura del carácter de su hijo. Era como si el mundo entero, la realidad que ella había aceptado antes de esa frase, se disolviera con el sol grisáceo de Praga flotando sobre su cabeza. Se disolviera, pensó, en una charca de pensamientos nuevos, en un profundo estanque de realidad.

—Yo lo he visto reír, me ha contado historias tan disparatadas como graciosas, y me parece un chico alegre —dijo Brod—, eso, al menos, no lo podrá negar.

Aquel muchacho tenía una manera especial de estremecerse, de extender los dedos como para tapar un objeto cuya vista le desagradaba, y fue precisamente ese el gesto que hizo entonces, ponerse la mano delante de los ojos, a manera de barrera. La señora Kafka pensó que estaba enamorado de Franz, que le tenía una reverencia que iría más allá de la muerte. Estuvo a punto de decirlo, de aceptar su amor como una cosa natural, o al menos dejar sobreentendido que encontraba natural su enamoramiento. Lo insinuó con la mirada, con un movimiento leve de la cabeza, porque dicho con palabras, incluso a ella misma que había decidido romper con todas las convenciones, le sonaba pretencioso.

—No estoy tratando de culpar a Franz de nada, doctor —agregó Julie K. comprensivamente—, estoy tratando de explicármelo mientras se lo explico a usted.

Se había vuelto, casi sin saber cómo, una mujer calculadora, fría, y había abandonado el papel de madre comprensiva y amorosa. Se sintió otra, que la habían convertido en otra. ¿Es que las cosas en las que nunca creímos pueden alargar la mano y asirnos así, cambiarnos así? ¿Quién puede saber lo que somos o lo que sentimos si somos siempre distintos? ¿Quién puede decir, ni siquiera en los momentos de mayor intimidad: «Ahora entiendo qué me pasa»? Un instante, la revelación contenida en el ritmo de la respiración puede cambiarnos al punto de parecer otros.

Es absurdo, pensó, que algo tan cotidiano pueda reducirnos a tal punto de estupidez, y que la angustia momentánea de una noche pueda revelarnos las tinieblas del alma.

—¿Sabe usted si Franz está enfermo? —preguntó la señora Kafka.

—No, no sé nada —contestó Brod sorprendido, ajustando nerviosamente el nudo de la corbata, como si no supiera qué hacer con las manos—. A mí me parece que está en perfecto estado. Ya sabe, Franz está obsesionado con su salud.

Prefirió no contestar. Tenía la impresión de que había abierto una puerta que daba acceso a un espacio oscuro y solemne. Le habría gustado pensar que era una catedral, pero era una caverna.

—Es de otra cosa de la que debemos preocuparnos, doctor. Franz no se tirará nunca por la ventana, pero se ha tirado ya a un pozo que va a matarlo. Creo que tiene tuberculosis.

—Debemos ayudarlo entonces —respondió Brod tartamudeando. Se alarmó tanto de la noticia como de la indiferencia con que la madre la expresó. Se frotó las manos, se acarició la barbilla, turbado, sin saber qué comentar. Habría preferido que ella continuara, pero lo miraba, solamente lo miraba fijamente a la cara—. Tenemos el deber de comprenderlo, ¿no le parece?

—No sé cómo. Franz no nos dejará. Ha elegido su propio camino y no quiere que nadie se entrometa.

Brod la miró con extrañeza. ¿Se dio cuenta de que no era precisamente ella la que hablaba, sino otra Julie, la Julie K. que había nacido la noche en que vio escribir a su hijo, la que aguzó el oído y escuchó el silbido de su respiración acompasada con el lento arrastrar del lápiz sobre el cuaderno? ¿Qué le había pasado en realidad? Era muy pronto para reconocerlo, para aceptarlo, pero viendo por primera vez, sin ninguna restricción, la pasión de su hijo, se había percatado de que esa pasión llevaba dentro la semilla de la muerte y de la vida, una muerte y una vida que no entendía pero con las que, desde ese instante, se sentía profundamente involucrada. Max Brod no habría necesitado pedírselo, desde antes había decidido auxiliarlo a pesar de que barruntaba que él exigiría una ayuda que, quizá, acabaría por destruirlo o que al menos lo recluiría en una soledad sin límites, intensa y abrazadora. Era una intuición certera: Franz escribiría en soledad, al costo que fuera, y moriría de la misma manera: solo.

—Yo no puedo hablar con él, doctor —dijo, ahuyentando de la frialdad de su pensamiento la decisión que, sabía, acababa de tomar—. No va a escucharme. Tampoco lo va a escuchar a usted pero tal vez acepte su consejo. Llévelo de vacaciones a la montaña, aconséjele que vea un buen médico.

Dicho esto, se fue. Aceptó que Brod pagara la cuenta y se retiró. La indiferencia es un viento helado que se coagula en la mirada, que congela lo que vemos, las palabras, todas nuestras emociones, pero que no impide que la geometría del destino acople sus ángulos siniestros.

Julie K. caminó por la ciudad ajena a sí misma, dio vueltas por el barrio judío, contemplando las casas cubiertas por el hollín de siglos, y así llegó al cementerio viejo. Paseó la mirada inconsciente por cada tumba, sin leer los epitafios, sin observarlas en realidad, con el deseo de hacerse una idea de la muerte, una idea, cualquiera que esta fuera. «Es su elección», se dijo en voz baja, atendiendo al cielo encapotado que presagiaba una noche helada. «Es su elección.» Se puso a rebuscar entre los recuerdos que tenía de Franz, entre innumerables estratos de impresiones que el tiempo había depositado, hoja por hoja, pliegue por pliegue, lentamente, implacablemente, entre aquel amasijo de olores y sonidos de su primera infancia, entre los sonidos destemplados, las miradas profundas y amargas que se intercambiaba con su padre, entre el bramido y el silencio de sus humores. Buscaba para saber dónde había estado esa figura que se le había revelado la noche anterior, aquella figura que, después de pasearse de arriba abajo por su vida, había venido a detenerse de golpe frente a sus ojos y le había comunicado una verdad que nunca habría presentido. «Es su elección. Morirá de tuberculosis.» ¿Qué sentía, cuánto le dolía saber la verdad, qué le podían informar de la muerte aquellas tumbas del viejo cementerio judío? Un cementerio es un conjunto de recuerdos en reposo, pensó, recuerdos propios que toman forma en cada lápida, en sus múltiples monogramas, y Julie K. descubrió, en el conjunto infinito de tumbas apiladas, la sinrazón de su memoria. Tuvo la revelación inesperada de que quizá no quería a Franz, que nunca lo había querido, o que su amor era, como el recuerdo por los muertos, una simple justificación de la añoranza. Lo suyo era piedad por un hombre que se muere, que agoniza destilando la vida y la muerte en el matraz de su enfermedad. Se puede traicionar el amor con piedad, se dijo, pero también se puede colaborar con su incomprensible voluntad. Mientras la mirada erraba distraída, se le impusieron aquellas viejas preguntas que surcaban perpetuamente el cielo de su alma, aquellas difusas preguntas que tendían a concretarse en situaciones como aquella, cuando se relajan las potencias del alma, unas cuantas preguntas que lo abarcan todo: ¿Es tan necesario amar?, ¿tan despreciable que odiemos?, ¿tan destructiva la indiferencia? ¿Podemos descifrar lo que vivimos?, ¿entender el enigma de los pensamientos propios?

«¿Qué puedo hacer?», se preguntó. «Franz escribe desde la orilla de la muerte. Desde ahí nos juzga; desde ahí nos ama y nos odia.» Pensó que Brod lo adoraba porque le descubría una cierta santidad: «Tiene madera de santo», le había dicho en otra ocasión. Se había equivocado: Franz era un ángel de la cábala. Un ángel tocado por el mal. «De ahí saca sus cuentos, de sus tratos con su mal, con su enfermedad.» No hay por qué pensar que Julie K. fantaseaba, por su mente pasaban las historias del Golem con que entretenía a Franz cuando era chico, se imaginaba al monstruo cabalístico surgiendo entre las tumbas, y asociaba su poder, su vida, con los poderes que recientemente había venido descubriendo en su hijo. Era natural que sus pensamientos hubieran tomado aquel sendero pedregoso. Recorría cansadamente el cementerio haciendo un recuento de sus daños y ataba los cabos sueltos de una verdad que hasta entonces ignoraba, que quizá estaba depositada desde siempre en los oscuros rincones de su alma. Había reconocido, en el silbido amargo de la tuberculosis, la fiebre por la que Franz, después de unas pocas horas de descanso, sentía una urgencia irreprimible por escribir la historia que el delirio de sus sueños había depositado en su mente. Conjeturó de una manera oscura, tan oscura que apenas hizo mella en su alma, que ella había encendido esa hoguera durante las mañanas en que se contaban sus sueños, y que así como otros escritores descubren su vocación recordando las historias que sus abuelas o sus madres les cuentan de chicos, Franz había liberado su pasión por escribir con aquel intercambio de sueños que durante tantos años sostuvo con su madre. ¿No se parecía aquello a la fórmula cabalística con que según la leyenda el Rabino Loew se dio a la tarea de dotar de vida a un hombre hecho de arcilla? ¿No le parecía que hasta ese momento Franz había sido un hombre mediocre, y ahora, a pesar de los pesares, ya no lo era?

Había contraído una responsabilidad con él, concluyó Julie K. No se puso a pensar hasta qué punto aquella conclusión calzaba sus deseos: se puede traicionar el amor con piedad, se puede colaborar con su incomprensible voluntad.

SEGUNDA PARTE

«¿Quién podría descifrar el enigma de la naturaleza del artista? ¿Quién puede comprender esa fusión instintiva de disciplina y desenfreno en que consiste?»

Thomas Mann, *La muerte en Venecia*

I

¿**C**ómo podía ahora recuperar, ordenar, los oscuros sentimientos que la habían acompañado estos doce años, todo este tiempo que ha transcurrido desde aquel concierto en el Café Savoy, o quizá desde que Franz le entregó el breve relato de *El fogonero*, o desde la entrevista con Max Brod? ¿Cómo medir este lapso, desde cuándo? ¿Importaba a la luz de la indiferencia que sintió ante al anuncio de la muerte de su hijo? ¿Cómo podían caber en su alma tantas contradicciones? ¿De verdad explicó con la leyenda del Golem lo que sucedía, o le sirvió de parapeto para atreverse a hacer lo que hizo?

Su casa se había quedado sola a lo largo de ese período. Permanecían los muebles, los recuerdos, las eternas quejas de su esposo y las escasas visitas que le hacían las hijas. Solamente eso después de tantos años de esfuerzos para sostener a su familia. Quedaba el espejo alargado que había atestiguado más de una reunión feliz, más de un regaño, más de una desavenencia muda. Aquel espejo que había presenciado las últimas conversaciones que sostuvo con Franz antes de que éste se sumiera en el silencio de su literatura, antes, en fin, de que se hubiera ido para siempre. Y no se refería a las continuas mudanzas con las que intentaba obtener su libertad, sino a aquel retiro definitivo con el que sumergió su alma en sus fantasías oníricas. Aquel retiro que presagiaba su enfermedad o que su enfermedad imponía. ¿Habría podido hacer algo en su favor, algo diferente a lo que hizo, que lo hubiera alertado contra sí mismo? No, aunque quisiera no habría podido, y Julie K. supo, desde aquella noche en que le dijo que no se preocupara más por la fábrica, que su hijo quemaría su vida para conseguir una sola frase perfecta. Habría sido inútil. Lo presintió en el viejo cementerio judío, se lo advirtió a Max Brod: no se podía hacer nada, aunque él le hubiera pedido que comprendiera a Franz.

Nunca, podríamos suponer a la luz de estas preguntas y razonamientos, Julie K. reparó en lo que en realidad le había solicitado el doctor Brod: comprender a Franz. En el curso de su vida se había ceñido a tenerle una profunda lástima por su incapacidad de solucionar los conflictos de su vida, y se limitaba a sentirse culpable de sus quejas, o cuanto más trataba de ayudarlo en cualquier cosa que le hiciera más llevadero el infierno de indecisiones en que vivía. Pero, ¿qué diferencia había entre comprender y tener lástima? ¿Le pidió Max Brod algo distinto a lo que ella había hecho hasta ese día?

Comprender es la facultad que tenemos para penetrar en las cosas, mientras que tener lástima consiste en excitar la compasión por los males de otro. Lo primero es un acto objetivo: consiste en analizar un objeto, una situación, un sentimiento, meterse en ello para saber lo que es; lo segundo, en cambio —tener lástima, o si queremos, simplemente la lástima— es un acto subjetivo que se deriva de dotar con los atributos del «mal» a lo que le sucede a alguien. La lástima está ligada a nuestra capacidad de enternecernos, pero no a la de conocer. Desgraciadamente Julie K. se dejaba guiar por la ternura (o lo que ella creía que era ternura) que su hijo le inspiraba. Así entendía la solidaridad con él. Cuando Brod le dijo que tenía que comprender lo que le sucedía a Franz, estaba demandando que su madre penetrara en lo que objetivamente le pasaba. Pedía una quimera, y aunque él tampoco fuera muy objetivo con Kafka, al menos había tenido ese rapto de inspiración psicológica. Era una demanda imposible de satisfacer, aun de entender, pues Julie K. estaba embargada de solidaridad con los males de su hijo, tenía excitada su capacidad de compadecerse y sentía que Franz se merecía un mejor futuro, no podía aceptar su mediocridad, le era tan intolerable como a su esposo, a pesar de que ella actuaba con más paciencia que éste. Si lo liberó de la carga de ir a la fábrica, fue a espaldas de su marido para que Franz se deshiciera de una vez por todas de la pesada obligación de trabajar y pudiera probarse como escritor. Era, se puede decir, una suerte de comprensión primitiva, quería ayudarlo a salir adelante, pero su compasión la imposibilitaba, y siempre la fuerza de la lástima acabó por imponer su yugo.

Hubo un momento, sin embargo, en que aquella compasión pudo convertirse en comprensión, pero Julie K. lo dejó pasar porque se encontraba abatida por el despilfarro emocional que acabó, paradójicamente, en que ese tumulto de sus sentimientos la abandonara. Veámoslos por un instante durante el verano de 1912. Están conversando en el comedor, Julie K. había traído una jarra de cerveza negra, y un plato colmado con carnes frías, pan de centeno y huevos fritos. La casa estaba impregnada de aquel silencio, de aquel vacío, de la sensación de irrealidad que el hogar adquiría a media mañana, cuando todos se habían ido y parecía que nada iba a pasar. Franz acababa de volver de un corto viaje a Weimar, donde pudo reafirmar su profunda admiración por Goethe, y donde, según contó la noche de su regreso, había asistido a una increíble representación de *Fausto*. «Es teatro para ser leído», había dicho, ante la incomodidad de su padre, quien se sumía en un silencio tan caviloso como indiferente cuando Franz hablaba de literatura, «pero de cualquier manera es impresionante escuchar el ritmo de los versos de Goethe. Es imposible saber si Fausto se rinde a los encantos del demonio o a los del lenguaje de su creador. Pareciera que la música de la poesía es el verdadero sortilegio del maligno». La señora Kafka pensó que la alegría, la inesperada alegría que su hijo manifestaba aquella mañana, era todavía un eco de aquel viaje.

—He tenido un sueño raro, mamá —dijo Franz inesperadamente, sirviéndose una lonja de pastrami.

Habían perdido esa costumbre, ya no se contaban más sus aventuras oníricas por cómicas o trágicas que fueran. ¿Qué había cambiado entonces?, ¿qué trajo de regreso al hijo a aquella confianza matinal?

—Todos los sueños son raros —contestó Julie K. con los sentimientos amortiguados, como puestos en letargo—, tú y yo tenemos constancia de eso.

No podía liberarse de que todo lo que sucedía aquella mañana estaba ocurriendo por vez primera, pero tal vez, también, por última. Era una sensación constante que desde hacía tiempo imponía el desdén de su hijo, una cierta atemporalidad de los sucesos, de las palabras, la impresión de que todo es fugaz y al mismo tiempo eterno. Era una emoción parecida a la que experimenta el viajero cuando sabe, aunque vaya medio dormido, que tiene que mirar por la ventanilla del tren, pues está pasando por un poblado que no volverá a ver nunca más; lo sabe, pero tiene necesidad de grabar un detalle de la estación, o la imagen fugaz de la torre de la iglesia perdiéndose en la lejanía. Sabe que no regresará y no quiere olvidar detalles que quizá sean importantes.

—Tienes razón —agregó Franz—, pero éste me desconcierta especialmente. Fíjate, soñé que visitaba a una novia que vivía en un edificio del centro. No creo que haya sido ninguna de las novias que he tenido, ni alguien que yo pueda ahora identificar con precisión, pues nunca aparecía en el sueño.

—¿Cómo es eso? —preguntó su madre.

—Así como te lo cuento. Iba a visitarla pero ella no salía nunca. Yo la esperaba en una sala que te puedo describir perfectamente: sus muebles raídos, una mecedora de madera desvencijada, una lámpara de pie cubierta por una pantalla rosa y empolvada; y las paredes, de un amarillo mohoso, cubiertas por lamparones de humedad. Era un sitio elegante, pero de alguna manera abandonado a sí mismo, descuidado o quizá consumido por el deterioro. Todavía ahora me estremezco del silencio con que lo observaba todo.

Franz hablaba con vehemencia, con un ritmo cadencioso que intercalaba silencios, pausas breves que eran el alimento de la emoción y la incertidumbre con que vestía sus diálogos. Julie K. sabía que si no captaba la vibración que sacudía sus nervios, la esencia misma del sueño, la fantasía de su hijo lo transformaría en otra cosa.

—Todo estaba en penumbra —continuó mirando de soslayo a su madre, como si quisiera soltar una carcajada— y yo, esperando a mi novia, me acercaba a un mueble alto, de caoba, colocado en el centro de la sala, sobre el que estaba el sable de un húsar que brillaba esplendorosamente. Yo lo miraba hipnotizado por su impecable brillo, sintiendo deseos contradictorios. Te vas a reír, pero sentía unas ganas inauditas de marcar la hoja con mis huellas digitales y quitarle así su esplendor impecable; sin embargo, en ese momento aparecía una mujer viejísima, cubierta con una colcha de lana muy delgada, que me pedía que esperara un poco más, que mi novia estaba al llegar. No decía nada más, se me quedaba mirando y volvía levemente la mirada al sable con una curiosidad distraída.

Muchos años después, cuando Franz ya había muerto, Julie K. se encontraría con aquella escena, la misma que su hijo le describiera como parte de su sueño, en una película muda de Max Ophüls. Le hizo tal efecto que vio la cinta pasmada, como si los actores fueran la vieja abrigada con la colcha de lana y Franz. El sueño, en su recuerdo, tenía la misma luminosidad apesadumbrada de la cinta, el mismo silencio que daba a los personajes su aire desesperanzado, de maquinación irremediable. Tenía fresca en la memoria la descripción de la anciana, o mejor, la imagen que se había hecho de ella a partir de la conversación con su hijo: su espalda encorvada como si cargara la colcha, el rostro cubierto de arrugas, pero sobre todo la mirada con la que se volvía a observar el sable. En la película había un *close up* de una anciana, casi podría decirse que la pantalla había sido ocupada por sus ojos que se movían como si no quisieran, como si sus deseos le dieran pereza pero finalmente no pudiera resistir su impulso. Entre todos los calificativos posibles, el último que la curiosidad aceptaba era el de distraída, y ese era el que le había dado Franz a la mirada de la vieja: curiosidad distraída. La película de Ophüls proyectaba esa ambigüedad, esa contradicción que Franz le había dado a su sueño. Curiosidad distraída. Los deseos que se sobreponían a la pereza de la anciana se debían a su curiosidad distraída.

Gracias a los esfuerzos de Brod, póstumamente se habían publicado las novelas de Franz, pero en cuanto vio aquella película y recordó el sueño de la eterna espera por la novia desconocida, Julie K. se percató de la importancia que iba a tener su hijo a lo largo del siglo, y que quizá le había dado el único adjetivo que sin duda distingue a nuestro tiempo: kafkiano. Que alguien tuviera curiosidad distraída solamente podría calificarse así, de kafkiano. Ese día comprendió hasta qué punto había acertado en su diagnóstico: Franz dejó la vida en pos de su escritura. Esa había sido la manera de vivir y morir al mismo tiempo. A la señora Kafka le faltaban entonces, esa tarde en que vio la película de Max Ophüls, cuatro años para morir, había vivido seis desde la muerte de Franz y nunca había podido sobreponerse a su indiferencia. Vio la cinta entre estupefacta y alegre, recordando que ella, en algún sentido, era responsable del adjetivo que inventó en ese momento: kafkiano. ¿De qué otra forma, por otro lado, calificar su conducta, la conducta excitada por la lástima que había tenido por él?

Pero eso sucedió, como se dijo, muchos años después de que Franz le contara su último sueño. Por lo pronto, Julie K. escuchaba la narración de su hijo sintiendo aquella profunda compasión que llenaba toda su vida. No comprendió el significado del sable, ni el de la colcha que oprimía los hombros de la anciana, y sin embargo tuvo lástima de que Franz hubiera debido esperar a aquella novia tal vez inexistente y se plegara a las órdenes de la anciana. No comprendió que quisiera ensuciar el filo del arma con sus huellas digitales, pero tuvo lástima de que la curiosidad distraída de la anciana lo amedrentara. No comprendió, pero tampoco fue enteramente responsabilidad suya, pues aún no había palabras para comprender lo que sería, de ese momento en adelante, lo kafkiano.

—¿Estabas en un edificio de Praga? —preguntó la madre por preguntar algo, visiblemente sorprendida, pues en ese momento se dio cuenta de la alegría que le producía a su hijo haber tenido aquel sueño.

—Sí, era un edificio de la Josefstadt, uno de esos palacetes de alquiler que han venido a sustituir a los viejos inmuebles del barrio.

—Parece que el sueño te sentó bien —comentó la madre—; se te ve de lo más contento con tu novia.

—No estoy tan seguro. Mentiría si te dijera que desperté inquieto o angustiado, pero durante el tiempo que me quedé en la cama me invadió una enorme tristeza, una flacidez que me impedía moverme, era como si hubiera dejado todo mi entusiasmo del lado del sueño y vuelto a la vigilia sin alma.

La madre no supo qué decirle. «Había vuelto a la vigilia sin alma», se repitió en silencio. No tenía la menor idea de lo que significaba que su novia no apareciera, pero supuso, sin saber por qué, que Franz estaba condenado a perder el alma enamorándose de mujeres que alejaba hasta hacerlas casi inexistentes, y con quienes solamente estaba dispuesto a sostener una correspondencia intensa. No recuerda, por otro lado, cómo o por qué concluyó que esa invalidez para el amor estaba asociada con ella (quizá pensó que la vieja arrugada tenía cierto parecido consigo misma), y eso la condujo directamente a sentirse culpable.

No dudemos que éste fue un momento crucial en la vida de Julie K. La culpa mezclada con la lástima conduce a los hombres a abismos insondables. Alguno de los condenados en el noveno círculo del Infierno de Dante sufren el castigo eterno de haber ocultado sus culpas tras la lástima: hacen, por decirlo así, un pacto con el demonio que les gana sufrimientos eternos, y Julie K. empezó, en ese momento, cuando le prestó su rostro a la anciana con la que soñó Franz, a venderle su alma al diablo. Si entonces ya hubiera visto la película de Max Ophüls, otro habría sido su destino, pero para ello faltaban tiempo y palabras, y se concretó a mirar a su hijo intuyendo el vértigo, solamente intuyéndolo, con el peso del daño sobre los hombros.

¿Cómo explicarle lo que sentía, lo que el sueño había despertado en ella? ¿Cómo aprovechar la ocasión para decirle todo lo que había reflexionado en el viejo cementerio judío, cómo, para retomar las viejas leyendas del Golem y la Cábala? Pensó que aquel juego que empezó inocentemente los había aprisionado, que estaban cautivos de sus imágenes, de la lógica que paulatinamente se había impuesto entre los dos. Había contraído una responsabilidad con él, recordó, la responsabilidad solitaria de los sueños compartidos. ¿Cómo podría ser de otra manera si la verdad de sus sueños era evanescente y decía algo que era inaprensible con palabras? Todas las cosas del mundo parecían haberse quedado inmóviles, pero su conciencia se había mudado a otra realidad y ninguno de los dos encontraba el camino de regreso.

—Yo no soy la vieja de tu sueño, Franz —dijo Julie K. sin saber por qué, aunque, arrepentida, formuló una pregunta que solamente confirmaba lo que estaba pensando—. ¿O tú crees que sí?

No contestó. La miró con extrañeza. Ella sabía que su pregunta desechaba el último asidero de su inocencia, y que ya no tendrían más que decirse. No contestó, e inmediatamente, sin moverse de la silla, con un trozo de pan en la mano, Franz acentuó aquel gesto de encogerse y encorvarse sobre sí mismo, como si tuviera que cargar un grueso caparazón en la espalda. Se imbuyó de su papel de hijo incomprendido, abandonado, desvalido, complacido en imaginar a un tropel de gente que le tenía lástima. Ella lo supo al instante: estaba representando el pequeño drama de sus infortunios, un drama que siempre requería enormes dotes de agotamiento, decrepitud y melancolía. Se levantó de su asiento, se limpió la boca y se retiró a su habitación agitando las manos. A Julie K. le pareció que renqueaba, y que sus brazos se movían en el aire como si no le obedecieran, como si tratara de ahuyentar a las moscas que se le acercaban.

—No camines así, Franz —le dijo asustada—, que pareces un insecto.

Franz se volvió a mirarla como si hubiera recibido el impacto de una revelación.

—¿Qué dijiste? —preguntó abriendo desmesuradamente los ojos hasta que la ternura de su mirada se perdió en el reflejo de luz que se filtraba por la ventana.

—Que no muevas los brazos de esa manera; pareces un insecto —respondió la madre escondiendo el rostro entre las manos.

Sentimos en un mundo, pensamos, nombramos los objetos en otro. Una palabra, una expresión, un gesto inocuo, hace que ambos mundos vivan desesperadamente divorciados, sin que nada llene el vacío que los separó.

Esa fue la última vez que hablaron de sus sueños. Dos meses después, Franz conocería a Felice Bauer, la mujer que seguramente presagiaba su sueño, el eslabón que faltaba para que se cumpliera el anuncio del tarot.

Como Julie K. deseaba olvidar todo lo que sucedió en aquella infausta temporada, es posible que no hubiera prestado atención a los pocos gestos con que dieron por concluida una costumbre que los había mantenido unidos por tanto tiempo, pero irremediablemente iba a recordarla, con todas las aristas del peligro que aquellas conversaciones anticipaban, el día en que Franz le entregó el librito que contenía *El fogonero,* que, según le dijo, era el primer capítulo de una larga novela que se llamaría *El desaparecido.* La señora Kafka, como sabemos, quiso comprender, con una sonrisa, el significado de todo —del título, la identidad del desaparecido, la extravagancia de referirse a un fogonero, el robo de su sueño y la perfidia de su disimulado reclamo—, pero el nombre de la colección, *El Día del Juicio,* acabó por destruir el pequeño equilibrio que había logrado en las relaciones con su hijo.

II

Franz Kafka había vivido aquella temporada, todas esas experiencias, de una manera relativamente distinta a Julie K. La citas de su Diario son algo confusas y deshilvanadas después de que le contara a su madre el sueño en el que espera interminablemente a su novia y, sin que mencione esa conversación ni una sola vez, regresa reiteradamente sobre las quejas acerca de lo pesada que le parece la vida: «Día inútil. Somnoliento. Desconcertado»; «Nada, ni en la oficina ni en casa»; «He escrito, con dificultad, unas pocas páginas del diario de Weimar». De Felice Bauer, que habría de jugar un papel definitivo en los acontecimientos de los siguientes meses (y cuyo encuentro debió sorprenderlo por todo lo que la interpretación de su sueño suponía), solamente recoge la impresión que le ocasionó conocerla: «Sobre la señorita F. B. El 13 de agosto. Cuando llegué a casa de Brod estaba sentada en la mesa y, sin embargo, la tomé por una criada. Tampoco sentí curiosidad alguna por saber quién era, pero enseguida me sentí cómodo con ella. Rostro huesudo, vacío, que llevaba su vacío al descubierto. Cuello despejado. La blusa le caía de cualquier manera, y parecía vestida muy de estar por casa, aunque, como después lo demostró, no era así. (La distancio un poco por haberme aproximado demasiado a su persona. Por lo demás, en ese estado me encuentro: distanciado de todo lo bueno, aunque siga sin creerlo. Si hoy en casa de Max no me dispersan demasiado las noticias literarias, intentaré escribir la historia de Blenkelt. No tiene que ser larga, pero tiene que salirme bien.) Nariz quebrada. Rubia, cabello algo tieso y sin encanto, barbilla robusta. Al sentarme, la miré por primera vez más detenidamente; en el momento de quedar sentado, ya tenía una decisión inquebrantable. Como se...».

Ahí, en esa frase, se interrumpe el Diario, y más allá de cuál fuera la decisión inquebrantable que acababa de tomar (más tarde volveremos sobre ella), la descripción que Franz hace de la que sería su prometida asombra por el desapego con que la formula. Uno se pregunta cómo fue posible que una mujer que le hizo tan pobre impresión pudiera dominar su vida durante cinco largos y tormentosos años. Es inevitable recordar los amores de Charles Swann con Odette de Creçy, pues al desafortunado pretendiente de las novelas de Marcel Proust, le pasa algo similar: sucumbe al hechizo de una mujer que le era indiferente, y que, después de muchos tormentos, le haría exclamar que había malgastado los mejores años de su vida en una mujer que no era su tipo. Salvando las distancias literarias (que no las temporales, pues ambos amores son relativamente contemporáneos), el caso de Kafka fue distinto, al punto de que la señorita Bauer provocó, según la mayoría de los críticos, que Franz viviera la época más fecunda de su vida, la que va de la madrugada del 23 de septiembre de 1912, a la Nochevieja del mismo año, período en el que escribe *La condena*, *El fogonero* y *La meta-*

morfosis. Nunca más, en los once años, seis meses y tres días que le quedaban de vida, volvería a escribir con tal fervor, y jamás alcanzaría la pericia literaria del centenar de páginas que escribió en poco más de tres meses.

Elías Canetti ha dedicado un estupendo libro, *El otro proceso de Kafka,* a revisar ese ciclo, y hace un análisis exhaustivo de las cartas que Kafka envió ininterrumpidamente a Felice en ese tormentoso lapso. Dice Canetti que «Se trata de un formidable período. Hay pocas épocas en su vida que puedan comparársele. A juzgar por los resultados —¿qué otra norma tenemos para juzgar la vida de un escritor?—, el comportamiento de Kafka en esos tres meses de su intercambio epistolar con Felice fue exactamente lo que necesitaba». Canetti ignora, o pretende ignorar, que la influencia de Felice no fue seguramente la única que lanzó a Kafka a desarrollar esa fecundidad creativa, y pasa por alto que si el momento culminante de ese tiempo fue la escritura de *El fogonero* y *La metamorfosis,* ambos relatos están inspirados en algo relacionado con su madre: el primero, fue tomado directamente del sueño de América, del que ya hemos hablado bastante; y el segundo, partió seguramente del horror que le causó a Julie K. la forma de caminar de su hijo, precisamente la última mañana en que intercambiaron noticias de lo que uno y otro soñaban. «No camines así, Franz», le dijo su madre con asco, «que pareces un insecto». Recordemos que Franz se volvió a mirarla y le preguntó, más sorprendido que alarmado, qué le había dicho. «Que no muevas los brazos de esa manera, pareces un insecto», le contestó. No creo que Franz hubiera pensado nunca antes que su figura pudiera sugerir la de un insecto; sabemos de sus infinitos complejos, del miedo a su delgadez, y aun de su pasión por lo pequeño, pero no que por ello se sintiera, digamos, una cucaracha. Canetti analiza los sentimientos que a este respecto Kafka experimentaba por sí mismo: «La tendencia más profunda de su naturaleza era hacerse cada vez más pequeño, cada vez más callado, cada vez más liviano, hasta desaparecer», pero esto no explica, repito, lo de la cucaracha o que Gregorio Samsa, el personaje de *La metamorfosis* (de ser un *alter ego* de Franz), amaneciera un día convertido en un monstruoso insecto. Pudiera ser que la expresión de su madre fuera un catalizador para su creatividad aletargada, y que Franz se agarrara a ella para llevar a cabo algo que apenas se abría en su mente. Cuando se muestran ante nosotros las cimas de la imaginación necesitamos asirnos a lo que sea para emprender la agotadora escala que se nos demanda.

Habría que agregar, aunque sea de paso, que es sorprendente que la mayoría de los críticos, al juzgar las obras de Franz Kafka, hayan centrado de tal modo su atención en la tormentosa relación que sostuvo con su padre y con Felice Bauer, y hayan ignorado el resto del mundo afectivo de Kafka. Si leemos detenidamente *La carta al padre* (la famosa carta de la que se derivan todas las interpretaciones para comprender el papel de verdugo que representó su progenitor), es imposible pasar por alto las referencias a su madre, por nimias que nos parezcan: «parecía como si mamá, finalmente, me salvara»; «Es cierto que mi madre mostró conmigo una bondad sin límites»; «mi madre restablecía el equilibrio con su bondad»; etc. Julie K., y repito, el resto de sus afectos, desempeñaron un papel mucho más decisivo en el devenir del artista de lo que se podría juzgar a primera vista, y es posible, por ello, que si deseamos comprender lo que verdaderamente estimuló a Franz Kafka para llevar a cabo las proezas literarias de aquellos meses finales de 1912, tengamos que observar cuidadosamente ciertos detalles de su vida que han pasado inadvertidos en casi todas sus biografías, aun en esa, magistral, que escribió Elías Canetti.

Más o menos por el tiempo en que Franz conoció a Felice, Julie K. padecía un abominable insomnio que anunciaba los tormentos insospechados de la migraña, y muchas noches se despertaba sobresaltada con la sensación de que había extraviado el alma. Ya no soñaba, y las pocas horas de sueño transcurrían dentro de un abismo negro en el que se sentía despeñarse. Tendida en la cama, con los ojos fijos en el cielo raso de la recámara, daba gracias por haberse despertado, y buscando una esperanza evocaba el sonido del antiguo instrumento que todavía tenía guardado en el armario del pasillo. Pensaba en su viola como en un amuleto extraviado. Una de esas noches se levantó sigilosamente y se decidió a desempolvar el estuche, sacar las partituras del cartapacio amarillento en que las había guardado, armar el atril y empezar a acariciar las cuerdas de la viola. Eran las dos de la mañana cuando se encerró en el cuarto de su hija Valli, quien, como se acababa de comprometer en matrimonio, había ido a pasar una semana con su suegra y sus cuñadas. Eran las dos de la mañana, y Julie K. no previó el camino sin salida que se disponía a recorrer.

Empezó por tensar el arco, conservaba la tersura de antaño pero estaba flácido, sin ánimo, remiso a aceptar una nueva energía. Después fue afinando cada cuerda —lenta, amorosamente— hasta que pudo conseguir un arpegio completo. Hizo una escala de estudio, otra, y una más. El sonido de la viola llenaba la habitación, la saturaba de recuerdos al tiempo que sus dedos reconocían sensaciones casi olvidadas: la leve punzada en las yemas, la tensión de los tendones del antebrazo, el vibrar del instrumento sujeto por la barbilla. Era como abrir un viejo libro y reconocer las frases que alguna vez nos habían cautivado: como reencontrar la foto de un amante muerto. Acarició su viola con la ternura de un recién nacido, y extendió una partitura sobre el atril: el tercer movimiento del *Quinteto en sol menor* de Mozart. Cerró los ojos, evocó la pauta del primer violín y empezó a tocar. Pudo seguir apenas con dos compases antes de que su cuerpo se entumeciera, antes de que un placer o un dolor inaudito la poseyera. Dentro de sí había escuchado a los cuatro instrumentos que la acompañaban. No importaba que afuera —fuera de ella— sólo se escuchara el sonido de la viola, adentro resonaba la amplitud de todo el conjunto de cuerdas. Tuvo la sensación de atrapar el eco del placer. Volvió a intentarlo con las notas que seguían y fue igual. No era que escuchara otra música, era que el acompañamiento a lo que ella interpretaba nacía en su interior al conjuro de su viola. No pudo sustraerse al encanto de la melodía, al son melancólico que habría hecho sucumbir a cualquiera. ¿Por qué había dejado de tocar por tanto tiempo?, ¿qué le hizo abandonar ese deleite?

Fue entonces cuando escuchó la tos de Franz. Al principio fue como un golpeteo, un rumor de palos que se acoplaban a ciertos momentos de la melodía, pero después fue más claro que se trataba de un contrapunto caprichoso del *adagio*, que se confabulaba con la noche para provocar en su alma un raro sentimiento de ansiedad. Julie K. se detuvo y regresó al pasillo acariciando la viola entre sus brazos. Se sorprendió de encontrar la puerta entreabierta del cuarto de su hijo, él, que con tanto celo se encerraba para ahuyentar al mundo entero de su intimidad, le abría una rendija para que lo observara. No había duda, desde donde estaba podía ver el cuerpo de Franz a través del callejón de luz que se escapaba por la puerta. Era él, pero más grande, engrandecido, como si se le hubieran ensanchado los hombros, o mejor, como si el fantasma de sus hombros oscilara lentamente en el aire. La cabeza había aumentado peligrosamente de tamaño y las orejas de murciélago parecían agitarse con un viento extraño que se colaba por la ventana abierta. Fue una visión trastocada de su hijo, alterada por la emoción de la música. Franz dejó la pluma sobre la mesa de trabajo, se levantó y dio unos cuantos pasos, con una página en la mano y la mirada fija en lo que había escrito. Con su andar precipitado, la pesada bata que vestía se abrió, y su amplio vuelo ampuló su cuerpo. «Mi hijo parece un gigante», pensó Julie K., pero aun así no podía evitar su aire desvalido. Escuchó el silbido de su respiración, la dificultad con la que se movía mientras de su boca salían susurros apagados. Había en Franz una fibra especial, como una llamarada de algo, algo muy suyo que a la señora Kafka le gustaba como si ella se lo hubiera regalado. «Durante la noche es otro», volvió a pensar, sin apartar la viola de su corazón, «se desplaza como si flotara a unos centímetros del suelo». Le pareció una imagen dotada de magia divina que se encargaba de asumir el residuo de fulgor de la ventana. No pudo evitar que una ola de compasión se abatiera sobre las manos con que sujetaba el instrumento.

Julie K. retrocedió. Se sentó en el suelo, de cuclillas en un rincón, lo más lejos posible, sin que nada obstaculizara su visión del cuarto. Colocó la viola bajo su barbilla y pasó el arco por las cuerdas que sus dedos oprimían. No quería llamar su atención, no lo intentó siquiera, solamente deseaba acompasar los susurros de su hijo con el murmullo de la melodía de Mozart que, interpretada con una sordina extrema, sólo ella escucharía, tal como hacía unos momentos había escuchado dentro de sí el sonido del Quinteto completo. Intentaba conseguir una música tan etérea y difusa como la que había escuchado en su sueño de América. Franz volvió a su escritorio y escribió como si quisiera liberarse de un tormento, poseído por una idea que quedaba flotando tras sus pasos. Julie K. seguía tocando y contempló la figura de su hijo que, no sabía porqué, tenía algo de horrible. Siguió tocando, y así lo hizo durante horas, sin moverse, sentada en su rincón, mientras Franz escribía abatido por el resuello desacompasado de sus pulmones enfermos. Habitarían por esa eternidad un espacio de pasiones desquiciadas.

Finalmente, Franz Kafka ordenó el puñado de hojas que había escrito y, apoyando los codos sobre su escritorio, contempló por la ventana el río, el puente y las colinas que se iluminaban tenuemente con la luz que ya insinuaba el amanecer al fondo de la ciudad de Praga. Arrastró su silla para atrás, como para ver mejor el espectáculo del exterior, y empezó a leer en voz alta lo que había escrito. No era más el susurro con el que se había inspirado, era la voz clara de quien se deleita con el sonido de las palabras, de quien sabe que tiene un auditorio o imagina el placer de tenerlo. Julie K., desde la incomodidad tullida de su lugar, lo escuchó atónita.

La historia era simple, se reducía a contar cómo un joven, Georg Bendemann, acababa de escribir una carta dirigida a un viejo amigo de juventud, que por sus negocios había tenido que cambiar su residencia a la ciudad de San Petersburgo. En la carta, Bendemann le comunicaba que iba a casarse. Inicialmente dudaba del efecto que tal noticia hiciera en el amigo, pero finalmente, después de recordar un diálogo con su novia, tomaba la resolución de informárselo de una manera casi casual, e invitarlo a asistir a la boda si sus ocupaciones se lo permitían. Inmediatamente, una vez que hubo terminado de escribir, Georg se dirigía a la habitación de su anciano padre y le comunicaba, a su vez, que había decidido informar a su compañero de que iba a casarse.

Julie K. iba sorprendiéndose con el relato mientras lo escuchaba. Primero pensó que Georg era un disfraz de su hijo, pero a medida que éste avanzaba en su lectura, se percató de que no era de él de quien escribía, sino de Max Brod, su íntimo amigo. Al menos, las características físicas de Bendemann se correspondían más con las de Brod que con las de Franz. Pero después quedó aún más desconcertada con la descripción del padre, pues Franz había mezclado la imagen de su esposo con el temperamento de él mismo: había hecho, de alguna manera, una sola persona con los dos, el mismo efecto que ella había conseguido en su sueño al mezclar al tío Otto con Franz. Por otro lado, el retrato que se hacía del anciano padre correspondía a la visión que ella había tenido de su hijo escribiendo, la misma visión que, hacía unas horas, ella acompañó sordamente con su viola. «Mi padre todavía es un gigante», escribió Franz, de la misma manera que a Julie K. le había parecido que su hijo era un gigante. También estaba la figura del vuelo de la bala que ella presenció, todo como si Franz siguiera parte de sus pensamientos al escribir, como si hubieran logrado una comunión indisoluble. Julie K. no podía decir si era ella la que influía en su hijo, o él quien le daba aliento, con sus imágenes, a la música, pero le sorprendió aún más que en el curso del encuentro de Bendemann con su padre se creara un ser monstruoso: un anciano que de una supuesta enfermedad iba transformándose en un hombre agresivo, descomunalmente avasallador. Lo monstruoso, pensó, era precisamente la combinación de las personalidades de su esposo y su hijo: «Te quedas aquí sentado», había escrito Franz acerca del padre, «en la oscuridad, cuando en la sala hay tanta luz. ¡No, padre! Llamaré al médico y seguiremos sus indicaciones». Eso era lo que su marido le decía continuamente a Franz, y ahora, Georg Bendemann se lo decía a su padre.

Pero lo más sorprendente del cuento consistía en que el amigo lejano, quien vivía en San Petersburgo como si estuviera exiliado, era en realidad Franz Kafka, con sus angustias, sus miedos, su indolencia, su pereza a moverse de lugar y a reconocer sus afectos. Franz había mezclado, amalgamado personas y sentimientos para construir otra realidad, en apariencia más espantosa que la que vivía.

¿Habrá tenido algo que ver su música en ello? ¿La había escuchado Franz inconscientemente, como una melodía en sordina que quedaba atrapada en la sintaxis del relato, en los mismos personajes con que daba vida a su «condena»? ¿Era ese monstruo literario —el padre que al mismo tiempo contenía a Franz y a su esposo— el mismo que según Jan Kvapil (el director del cuarteto del que fugazmente fue miembro) había inspirado la tristeza del *adagio* de Mozart? ¿Era así, de la manera en que estaba construido el Quinteto, la tristeza de un ser que lleva en el alma la espina del agotamiento espiritual? No lo sabía ella ni seguramente lo sabía Franz. Tuvo la sensación de estar saliendo de un conjuro. Tal vez era la armonía de su música con el afán de Franz, al colocarse una al lado de la otra, la que producía aquel efecto cabalístico que iluminaba u oscurecía los significados que todavía tenían las palabras del relato antes de instalarse en el silencio de lo incomprensible. El testimonio de los prejuicios es también una operación de la mente en que la confusión crea la evidencia.

Tres frases, finalmente, del desenlace del relato acabaron por revelarle que aquella noche había sucedido algo inaudito, incomprensible; algo de lo que ella era responsable, pero que seguramente Franz había calculado con toda precisión. Tres frases desconectadas entre sí, pero que Julie K. relacionó como si contuvieran la fuerza de una revelación: «Trata de ser», pedía el padre a Georg, « lo que alguna vez fuiste: mi hijo viviente». Esa frase expresaba lo que ella sentía desde hacía tiempo, lo que había experimentado la noche en que le dijo que no fuera más a la fábrica, lo mismo que no podía dejar de sentir en ese momento observándolo sobre sus papeles como si fuera un ser gigantesco, la misma sensación que se afincaba día a día en su alma: que no quería que Franz fuera un moribundo, un hombre que moría un poco cada día. Más tarde el mismo padre justificaba la razón de su violencia: «Tu madre (quien estaba muerta desde hacía años) me trasmitió toda su fuerza». Abrazó con más vigor su viola y dejó de tocar, ni siquiera mantuvo los dedos sobre las cuerdas, trató de protegerse con ella como si fuera un escudo. ¿Se refería a ella?, ¿hablaba de la fuerza que quería transmitirle con su música? Si la lógica del azar estaba confabulada con el destino, la tercera frase armó el andamiaje de su certeza: «¿Entonces, me acechabas constantemente?, exclamó Georg». Se levantó de un salto. Estaba escuchando otro relato, que ya no era el de la disputa de Bendemann con su padre, ni el de las figuras mezcladas por Franz, sino el que causaba su insomnio, el de la caligrafía de los sueños que había perdido, el que se contenía en la música de Mozart: un relato en el que las palabras tenían el valor de las notas y que ella armaba al albedrío del conjuro del que se sentía partícipe. ¿Cómo se descifra la música?, se preguntó, ¿cómo es posible derivar significados de un conjunto armónico de sonidos?, ¿cómo, de tres frases armadas al acaso del propio destino? De repente, sin saber por qué, ese significado inesperado que, por ejemplo, puede a veces investir de un sentido especial a una persona que vemos entrando casualmente en una habitación, descendió sobre ella, y tal como estaba allí, ante la aurora que difusamente delineaba la silueta de Franz, convirtió la escena que había presenciado —a las tres frases deshilvanadas— en el símbolo mismo del sentido que durante tanto tiempo había buscado para la música fáustica de Mozart y creyó comprender el pasado, lo que había sucedido esa noche, y lo que le deparaba el porvenir. «Alguna vez me cobrará que haya descubierto esto», pensó. «Alguna vez me hará también un juicio, como lo hace el padre de Bendemann.»

«Queridos padres», leyó Franz el final de su relato, «a pesar de todo siempre os he amado». Sonrió de nuevo a la ventana, al día que estaba a punto de romper la oscuridad, parecía que deseara elevarse, pero sucumbió a un ataque de tos. Julie K. se fue asustada, con la viola abrazada y los estertores de Franz persiguiéndola hasta que se refugió en la habitación vacía de su hija Valli. Guardó el instrumento en su estuche sintiendo una inmensa ternura para consigo misma, y una enorme lástima por su hijo. Repetía, como un eco, las palabras de Georg: «Trata de ser mi hijo viviente». Volvió a meter las partituras en viejo cartapacio. «Tu madre me ha transmitido toda su fuerza.» Y se hizo una promesa que iba a olvidar en los siguientes días: no volvería a sacar la viola del armario del pasillo: «¿Entonces me acechabas constantemente?». Escuchó nuevamente la tos atormentada de Franz y se dio cuenta de que la lengua de fuego del sol acababa de despuntar sobre el río.

III

Quisiera volver por un momento a una imagen de Julie K. a la que quizá no prestamos suficiente atención. Está en el viejo cementerio judío, con los brazos cruzados sobre el pecho, observando las lápidas amontonadas que guardan la memoria de muertos de varios siglos, y como se dijo, en su mente surge la imagen del Golem. No es, como sabemos, una imagen gratuita. Ha venido presenciando la transformación de su hijo, ha sido advertida incluso de sus ideas suicidas, y teme que algo incomprensiblemente semejante a lo que dio vida al monstruo praguense pueda haberle ocurrido a Franz, o mejor aún, está segura de que dos cosas han confluido en su casi inaudita transformación: que le contara el sueño de América, donde lo confundió con su cuñado Otto Kafka; y que fuera invitado, casi casualmente, a un concierto donde se interpretaba el *Quinteto en sol menor* de Mozart, la pieza que acompañaba como música de fondo las imágenes de su sueño. Ambos hechos parecían responder, más que al azar, a un orden desconocido, o al menos a un orden de otra jerarquía, que había provocado que el alma de su hijo flotara sobre sus hombros como si hubiera recibido un soplo maléfico que le inoculó una vida nueva. Ella había presenciado ese espectáculo en el Café Savoy, lo había visto, incrédula, pero segura de que ocurría frente a su mirada, y sintió tanto miedo que salió despavorida del lugar, no por la veracidad del acontecimiento, sino por sus consecuencias. Los artificios y el candor de los hombres no tienen límite, y por ello había regresado a las historias del Golem.

Según la leyenda, el Rabino Loew, sabio conocedor de las técnicas cabalísticas, se dio a la tarea de esculpir un hombre de arcilla que pudiera servirle de compañero y ayudante. Para darle vida propiamente dicha, el Rabino tuvo que hacer intervenir el lenguaje, imprimiendo e insuflando en su escultura uno de los nombres divinos. Mezcló letras y palabras, y al inscribir la palabra HeMet en la frente, nació el Golem: torpe, servil y melancólico, para servir a su amo. El monstruo, gracias al poder del lenguaje, tenía vida, pero su creación había sido imperfecta, pues algo falló en la mezcla cabalística y el amparo del afecto le fue, por siempre, negado.

Esta leyenda se había convertido en la más popular del renacimiento judío, y guardaba notables semejanzas con la de Fausto (que nació al mismo tiempo en tierras del norte germánico), aunque en ésta, la imperfección de la creación estaba representada por las carencias que tiene el hombre para romper con los límites impuestos por Dios. En ambas leyendas, evidentemente, se necesitó de la participación de las fuerzas del mal, representadas, incluso, por el mismo Mefistófeles en el caso del Fausto, pero el resultado era el mismo: la pérdida del amor, la supresión del amparo del afecto.

¿Por qué, preguntémonos entonces, fue precisamente la leyenda del Golem la que ocupaba las meditaciones de

Julie K., o por qué, con ella, pretendía explicar las transformaciones de su hijo? ¿Acaso creía que ella, como el Rabino Loew, había creado un Golem? Sería una explicación demasiado simplista. La recurrencia a la leyenda tenía razones más complejas, y está apuntada en los párrafos anteriores.

Uno podría suponer que la verdadera función de la imaginación es agrupar pensamientos, sensaciones dispersas, y presentarlos ante nuestros ojos con un disfraz original. Seguramente es lo que le sucedía a Julie K. Su imaginación se encargó de agrupar visiones fugaces de su pasado, enseñanzas, recuerdos vagos que se encontraban en el sedimento de su mente, y todo ello, como si fuera una idea original, vino a tomar cuerpo en la leyenda del Golem, aludiendo, no a la vida artificial, sino al lenguaje cabalístico y a la carencia del afecto, símbolo de la colaboración del mal.

Si atendiéramos a los pensamientos de Julie K. percibiríamos que inicialmente sus reflexiones giraban en torno al medio que el Rabino usó para la creación del monstruo: el lenguaje cabalístico. Quería comprender dónde estaba el meollo de su creación: si era que las letras de una palabra, de cualquier palabra, tienen poderes mayores que el significado que le otorgan; o si al mezclar letras para dar origen a una palabra nueva, el ritmo con el que se combinan podría dotarla de poderes mágicos. Lo que particularmente llamaba su atención, o la similitud que ella creía encontrar con el caso de Franz, era que otra forma de lenguaje, el musical, había sido el medio que estaba llevando a cabo la transformación, animando su espíritu que hasta entonces había permanecido en estado embrionario (Golem, además, quiere decir embrión). ¿Era más fácil lograr la mezcla cabalística con sonidos que con letras? De ser así, no debía sorprenderle que la melodía que había producido el milagro fuera el *adagio* de Mozart, pues la pieza alguna vez tuvo una intención fáustica. Recordemos que Mozart lo había compuesto para exorcizar, de sí mismo, los terrores de la muerte de su padre (y aquí los razonamientos de Julie K. se encabalgaban con el segundo elemento de la leyenda), pues sabía que con su progenitor muerto, como al Golem, el amparo del afecto le sería por siempre negado. La señora Kafka imaginaba que el joven Mozart había realizado una caminata semejante a la de ella, que después de enterarse de la gravedad de la enfermedad de su padre había venido hasta este mismo cementerio buscando refugio, y que aquí se le ocurrió la tonada que después serviría de base al famoso *adagio*. ¿Deseaba escapar del terror de la muerte, o solamente pretendía conservar su creatividad, a sabiendas de que a partir de ese momento el resguardo del amor le sería negado?, ¿fue consciente de la posible colaboración del mal, de las fuerzas que desataría con el sortilegio musical?, ¿había sido capaz, con su insospechada genialidad, de agrupar una serie de notas que tuvieran un efecto mágico para aquellos que supieran interpretar o escuchar, al propio tiempo, la fórmula cabalística? Podría ser, pues algo había intuido en el concierto del Café Savoy: la música de Mozart —bien interpretada, bien escuchada— provocaba la sensación de que alguien —un espectador, uno de los músicos— sacrificaba algo esencial de sí mismo para salvarse. ¿Salvar qué, la vida?, ¿salvarla sacrificando el amor?, y en cualquier caso, ¿a qué tipo de vida se refería? Si se atenía al caso de Mozart, la respuesta era evidente: el aterrado Wolfgang quería salvar su vida creativa, pues de ahí en adelante, después de que pergeñó la fórmula que le permitió superar la noticia de la muerte de su padre, compuso las obras más significativas de su extensa obra, pero su existencia se despeñó por el barranco del desamor y perdió todos los afectos que le rodeaban; todos sus seres queridos le abandonaron, al punto de que murió solo, sin nadie que atendiera siquiera sus funerales, y su cuerpo, incluso, fue arrojado a una fosa común. ¿Valía tanto el arte, tanto la música y la escritura, como para sacrificar el amor y los afectos de la vida cotidiana? ¿Pudo Mozart elegir, o el destino le tenía deparado desde siempre la madeja de la creación y el desamor? ¿Qué reglas olvidadas rigen esta geometría?

Julie K. sintió el escalofrío que desde hacía tiempo le helaba el alma, y en su mente reprodujo el lento fraseo con que la viola inicia el *adagio* del *Quinteto en sol menor*. ¿El deseo cabalístico del Rabino Loew transformado en una de las melodías más hermosas, más tristes del mundo? Sintió miedo de sí, de Franz, del mundo, de la aritmética del azar que parecía haberla conducido hasta ese momento, a ese lugar, para observar las lápidas de tantos de sus antepasados, y comprender las aristas del desamor, la carencia del amparo del afecto.

Este es el punto medular en torno al cual giraban, aun sin que ella lo quisiera, los pensamientos de Julie K: si reconocía que no quería a su hijo, y si con su sueño y la música de Mozart estaba sacando a flote el alma creativa de Franz, ¿le estaba negando para siempre el amparo del cariño?, ¿se lo estaba negando ella misma? ¿Hasta dónde era Franz consciente de todo esto?, ¿por ello se había entregado al juego tormentoso de la tuberculosis?

Bajo cualquier dulzura afectiva existe el temor de un peligro, y es por ello muy posible que, desde aquella visita al cementerio judío, Julie K. hubiera temido que algún día su hijo la juzgara, que de alguna manera enigmática le hiciera saber el daño que le había provocado al lanzarlo de bruces, con su sueño, en busca de sus fuerzas creativas, evitándole, como a Mozart, el amparo del cariño. Ese miedo a juzgarla había estado desde entonces presente en todo: en muchos de los detalles del último sueño que Franz le contó; en la relación que estableció con *La condena*, el relato que escuchó de sus labios escondida en el pasillo;

quizá hasta en el significado aleatorio que le dio a las tres frases elegidas, cabalísticas, que le revelaron el ritmo del pasado y las cadencias del futuro que le aguardaba. El alma que busca acomodarse sin exigencias a los vaivenes de la felicidad se topa inevitablemente con el gesto inescrutable del horror, y, cuando guardó su viola en el armario, su miedo le anunciaba los presagios del Día del Juicio.

IV

Para comprender lo que le sucedió a Franz Kafka aquella noche mágica del 22 al 23 de septiembre de 1912, necesitamos regresar a la última frase del párrafo que, en su diario, le dedicó al encuentro con Felice Bauer:

«En el momento de quedar sentado (de nuevo junto a ella), ya tenía una decisión inquebrantable».

Elías Canetti insinúa que esa decisión inquebrantable fue la de cortejar a Felice hasta arrancarle una promesa de matrimonio, y que gracias a este enamoramiento repentino, Franz fue capaz de juntar las fuerzas que necesitaba para escribir fecundamente. Pero si analizamos con atención el párrafo completo, notaríamos que previamente al anunció de esa decisión fundamental, hubo dos focos de atención: por un lado Kafka hace una descripción pormenorizada de F. B., como llama a su futura prometida; pero por otro, entre paréntesis, anuncia su decisión de escribir la historia de un tal Blenkelt, para lo cual requería que ninguna noticia literaria lo distrajese. ¿Por qué iba a distraerlo?, se puede preguntar uno, ¿porque acaso quería hacer uso de nuevos recursos?, ¿porque estaba a punto de descubrir cuáles eran las reglas olvidadas que le había advertido la quiromántica y deseaba ponerlas en práctica con el relato de Blenkelt? Es mucho más probable que ese día su interés se centrara en lo que proyectaba escribir que en su futuro con Felice, a pesar de que Canetti arguya que la influencia que ésta tuvo sobre él a partir de esa noche fue el catalizador de su genialidad. Este es, en cualquier caso, un juicio a posteriori, pues no parece que Kafka sospechara —desde esa primera noche— el significado que iban a tener sus amores con la señorita Bauer, y debemos insistir en que la decisión inquebrantable de ese momento fue simplemente la de escribir la historia de Blenkelt con unos medios o de una forma que no había utilizado hasta la fecha.

La historia de este curioso personaje, Gustav Blenkelt, aparece en el Diario a continuación de la descripción de cómo escribió *La condena,* y quizá el orden explique de una manera elíptica lo que pasó en la habitación de Franz, pues resulta extraño que escribiera primero el cuento de Bendemann si aparentemente ya había formulado la otra narración. Por lo que consignó en sus cuadernos podemos suponer que Kafka no se percató de la presencia de su madre en el pasillo, ni escuchó la música que ella interpretó observándolo, estudiando detalladamente cada uno de sus movimientos y gestos. La famosa cita dice a la letra:

«He escrito (el cuento de *La condena)* de un tirón, durante la noche del 22 al 23, entre las diez de la noche y las seis de la mañana. Apenas podía sacar las piernas de debajo de la mesa, entumecidas por haber permanecido sentado tanto tiempo, como si en ese lapso me hubieran crecido y hubieran vuelto, finalmente, a su tamaño normal. La tensión y la alegría terribles con que la historia se iba desplegando ante mí, y cómo me iba abriendo paso entre las aguas. Varias veces, durante la noche, todo mi peso se concentró en la espalda. Cómo pueden decirse todas las cosas, cómo para todas, para las más extrañas ocurrencias, hay preparado un fuego en el que se consumen y renacen... A las dos miré el reloj por última vez.»

No es difícil imaginar a Kafka regresando después de la reunión en casa de Max Brod, instalándose en su mesa de trabajo, y en el momento en que se decide a escribir, por una causa ajena a su voluntad, empieza con la historia de Bendemann y no con la de Blenkelt. El arrobo es tal que no puede apartarse de la escritura hasta que el cuento queda terminado. No pudo contenerse y se dejó abrasar por un fuego creativo que nunca antes había experimentado, fuego que para la siguiente historia, la de Gustav Blenkelt, se había apagado irremisiblemente. Es evidente que intentó escribir aquel cuento horas después, durante el día o a la noche siguientes, pero algo se le había escapado. Digámoslo así: su imaginación estaba nuevamente maniatada. La genialidad seguramente no tiene en el alma del genio aquella pura y voluptuosa espontaneidad que tanto nos gusta imaginar. El relato de Blenkelt resulta bastante desigual y flojo. Habla de un hombre chato —«sencillo, de hábitos regulares»— que no alcanza las enormes contradicciones y profundidad de Bendemann. Franz mismo se da cuenta y abandona inmediatamente el cuento, con una desilusión patente en sus palabras.

¿Qué le faltaba, qué perdió, qué le quitó la fuerza con la que ejecutó *La condena*? La cita del día siguiente es reveladora del estado del alma de Kafka:

«Me he mantenido apartado de todo por la agotadora energía que demanda mi escritura. Estoy derrotado, exhausto, me he revuelto en la cama tolerando apenas la presión de la sangre en la cabeza y el inútil ir tirando de mis fuerzas. ¡Qué perjudiciales efectos!... Esta noche se me ha arrancado violentamente el deseo de volver a escribir.»

Uno tiene la impresión de que el Diario pertenece a dos hombres diferentes: el que vivió arrebatado la madrugada del 23 de septiembre, y el que a la mañana siguiente intentó dar vida al pobre de Gustav Blenkelt sintiéndose desposeído, débil, sin energía en su imaginación, sufriendo los funestos efectos de hartarse de sí mismo y de la literatura.

Parece, podríamos decir, que Franz Kafka había resuelto (como lo hizo su madre con la viola) terminar con aquel tormento que, aunque placentero, lo abatió mientras escribía *La condena*. Pero al igual que le sucedió a Julie K., no pudo apartarse del misterioso efecto de escribir, y días más tarde volvería a su escritorio. Se puede impedir que alguien robe, no que sea un ladrón: la decisión, como lo advirtió, era inquebrantable: estaba, ya, más allá de su misma voluntad. ¿Sabía el efecto que la música estaba operando en él?, ¿tenía alguna conciencia, como la tenía su madre, del efecto que provocaba el *adagio* del *Quinteto en sol menor*?

Tercera parte

«¿Qué quedaba de mí, a los treinta y seis años,
que aún pudiese ser dañado?»

Franz Kafka, *Carta al padre*

I

Franz Kafka murió el martes 3 de junio de 1924. Un mes después, exactamente, habría cumplido cuarenta y dos años. El deceso ocurrió en el sanatorio Kierling de Klostemburgo, donde había pasado las últimas semanas esperando una cura imposible. Max Brod, que estaba a cargo del enfermo, dio la orden para que trasladaran inmediatamente el cuerpo de regreso a casa de sus padres, pero los trámites burocráticos que tanto fatigaron a Franz en vida lo persiguieron hasta el último momento, y tuvo que permanecer en la *morgue* dos días, hasta que todas las actas estuvieran debidamente autorizadas.

Su cuerpo llegó a Praga un jueves que resultó especialmente caluroso, el sol alumbraba las calles sin dejar un resquicio de sombra. Poco después de las doce del día una ambulancia cruzó el pasaje Melantrichova, se detuvo en el número 6 de la plaza de la Ciudad Vieja, frente a la iglesia de San Nicolás, y entre cuatro enfermeros sacaron el féretro por la parte trasera. Los seguía un hombre de mediana estatura, totalmente vestido de negro, que sujetaba un sombrero de hongo con ambas manos. Subieron al tercer piso utilizando las escaleras porque el ataúd no cabía en el diminuto elevador. Los recibió la madre del difunto. Estaba sola y pidió una disculpa, le habían dicho que llegarían durante la tarde, y el resto de la familia había salido para efectuar los preparativos del velatorio. No sabía qué hacer y les rogó que colocaran el cajón en el cuarto de la esquina, el que había sido de Franz, desde donde se dominaba la calle Parízská, que tantos recuerdos le traía. Después de arrimar la mesa de trabajo a un lado de la ventana y arrastrar un poco la cama hasta la pared, colocaron un taburete en el centro de la habitación. «Está cerrado», le advirtió uno de los enfermeros, «pero si quiere podemos abrirlo». Julie K. tenía la mirada puesta en los remaches del ataúd, en su vaga elegancia que le pareció ostentosa. Habría preferido un cajón de pino como correspondía a un judío. «¿Quiere que lo abramos o lo dejamos cerrado?», volvió a preguntar el enfermero. No supo qué contestar, no podía saberlo. «Si prefiere», agregó el practicante tímidamente, «podemos descubrir sólo la cara». «No», contestó al fin la señora Kafka, «saque el cadáver y acuéstelo sobre el suelo. Sus hermanas querrán verlo, arreglarlo un poco si fuera necesario». No lloraba, no mostraba ningún dolor fuera del pesar de encontrarse sola en ese trance. Observó el cuerpo amortiguado del que sólo se podía ver, enmarcado en un círculo de tela, el rostro muerto de su hijo.

Justo en ese momento se percató de que el doctor Robert Klopstock había acompañado el féretro, y que permanecía, como escondiendo su arrugado traje negro, tras los enfermeros. No pudo sonreírle. Habría querido tenderle la mano, pero tampoco pudo, se sentía paralizada, incapaz de manifestar ningún sentimiento. Él tampoco lo intentó. Hizo una pequeña reverencia con la cabeza y se retiró por delante como si le reprochara su indiferencia, tanta vanidad, la ausencia del necesario derroche de emotividad. Julie K. no hizo nada para detenerlo y agradecerle las atenciones que había tenido con su hijo. Max Brod, quien le comunicó las malas nuevas, le dijo que Klopstock había permanecido con Franz hasta el último momento, que intentó hacerle menos doloroso el trance, pero Kafka le había exigido que lo dejara en paz: «Máteme si no es usted un asesino», le dijo con el hilo de voz que le quedaba. El pobre médico estaba arrebatado por el dolor y dudaba entre intentar una última cura o drogarlo con morfina para que ya no sintiera nada. Debería haber estado acostumbrado a situaciones como aquella, después de todo, la muerte era su acérrima enemiga (es un lugar común, pero así es), y tenía que aceptar frente a ella, estoicamente, sus derrotas. Sin embargo, Klopstock había tomado un cariño desmesurado por aquel enfermo, más del que podría esperarse de un simple doctor, y no podía resignarse a perderlo sin hacer un último esfuerzo. La compañera del moribundo, Dora Diamant, no fue de mucha ayuda, se escondió en un rincón y vio morir a Franz petrificada de terror. Era más que una visión trágica, porque la tragedia no sólo reside en las cenizas y los paños funerarios, sino también en el cariño sometido a la coacción avasalladora de admitir la llegada de la muerte. No hay situación más triste, más incomprensiblemente triste, que presenciar cómo se extingue la vida. Todo pierde sentido, la misma capacidad de pensar parece extravagante y uno percibe que los sentimientos están a punto de romper el cuerpo, el cuerpo estragado que se nos convierte en una coraza inservible. Klopstock debió de luchar contra sí, contra sus mismas convicciones, sacando fuerzas de cualquier lado. Según las relata Brod en su libro, las últimas horas fueron muy dolorosas: Franz se arrancó con toda violencia el cardioscopio y lo arrojó a un rincón de la habitación: «Ya no más torturas, para qué alargarlo», dijo ahogándose en sangre. Cuando el médico se apartó de la cama para limpiar la jeringa con la que le había suministrado una dosis de Pantopón, Franz le suplicó que no se fuera. El amigo repuso: «No, si no me voy». Franz respondió con voz profunda: «Entonces el que se va soy yo». Había en su resignación una especie de blasfemia. El doctor Klopstock no podría evitar pensar en el raro timbre de esa voz mientras veía a su paciente luchar sin fuerzas contra el aire que se negaba a darle vida, y siguió pensando en ella, la voz, cuando le cubrió el rostro y sacó a Dora de la habitación. «Entonces el que se va soy yo.» Algo tienen las palabras de quien muere que ya no son de este mundo. Lamentó tener que dejar el cuerpo en el depósito de cadáveres, pues le exigieron que firmara una enorme cantidad de papeles antes de autorizar que lo llevaran a la ambulancia que lo trasladaría a Praga. Desde el cuarto del hospital que había pertenecido a Franz, Klopstock le escribió a Brod sus impresiones antes de que metieran el cadáver en una bolsa de algodón. «Estaba tan rígido, tan severo: tan inaccesible era su rostro como puro y severo fue su espíritu.»

Max Brod le contó todos estos detalles a la señora Kafka, pero ella no se atrevió a decirle que el doctor Klopstock la había visitado dos meses antes para advertirla de la gravedad de la enfermedad de Franz. No habría resistido sus comentarios, ni habría podido justificar, ante la noticia, que solamente sintió, si acaso, un poco de pena. ¿Cómo podía explicarle, a él, quien estaba enamorado de Franz, que había tenido que luchar con su amor hasta matarlo?, ¿cómo decirle que ya no estaba segura de haberlo amado alguna vez? Se limitó a escuchar lo que le contaba y se estremeció un poco con la petición de Franz: «Máteme si no es usted un asesino». ¿Había recuperado, finalmente, los rasgos humanos que alguna vez ella le conoció, esos que perdió en su casa y lo obligaron a fugarse, los que el padre de Bendemann reclamaba que hubiera conservado?

No tenemos más información de lo que vivió Franz en esos momentos que el testimonio biográfico de Max Brod, que en cierta forma, reproduce la última conversación que tuvo con Julie K., pero es difícil extraer de él, a pesar de sus descripciones minuciosas, la realidad íntima de la agonía de Franz, más allá de los tormentos de su enfermedad. ¿Qué sintió, por ejemplo, al volver a su casa y percatarse de la indiferencia con que su madre lo atendía?, ¿ella, que siempre lo había salvado de todo, de su padre y seguramente también de sí mismo, lo abandonaba en ese último momento?, ¿cómo enfrentó el engaño? Podemos imaginarlo en su cama, de vuelta en su última habitación, sudando copiosamente a causa de la fiebre, viviendo —reviviendo— el delirio de aquellos meses apasionados en que escribió *La condena, El fogonero,* y *La metamorfosis.* ¿Se dio cuenta de lo que pasaba a su alrededor?, ¿distinguió el pasado del presente? Veía a su madre a su lado, sentada en una silla, colocándole compresas de agua fría sobre la frente, y más allá, escondida en un rincón, a Dora Diamant. ¿Quiénes eran?, se preguntaba seguramente, ¿qué papel representaban en el presente, cuál en el pasado? ¿Qué pretendían de él?, ¿qué quería él de ellas? Debió de pensar que se había colocado en la misma situación que Gregorio Samsa, y que tal como había escrito en su breve novela: «pese a lo triste y repulsivo de su forma actual era un miembro de la familia, a quien no se debía tratar como a un enemigo, sino, por el contrario, guardar todos los respetos, ya que era un elemental deber de la familia sobreponerse a la repugnancia y resignarse. Resignarse y nada más». ¿Hasta dónde llegaba la literatura, hasta dónde, la realidad de su agonía? Debió de volver a escuchar, en ese instante crucial, la melodía que Julie K. interpretaba desde el pasillo cuando él escribía su novela, y sentir, de nuevo, el impulso sanguíneo que en su mano, en la pluma estilográfica, se transformaba en los múltiples relatos que quedaron, sin publicar, amontonados dentro de unas cajas de cartón. ¿Tuvo un último momento de arrepentimiento?, ¿habrá pensado que todo lo que hizo por su literatura no había valido la pena? Es más que improbable; en lo íntimo, él sabía que su narrativa cambiaría al mundo, pero no por ello pudo evitar pedirle a Brod que quemara esos relatos que había guardado con celo: habían nacido del fuego y a él debían volver. «Fuego son y en fuego se han de convertir», se dijo, como si fuera una sentencia bíblica. Los demonios de la duda le habían hecho concebir esas palabras con vehemencia, haciéndole escuchar la voz lastimera con que iba a pedirle a su amigo que perpetrara ese crimen. No era una petición sincera, lo sabía: el *adagio* de Mozart, entonces, que escuchaba como un eco lejano, debió de fortalecerlo y recordarle el sentido que siempre tuvo, el que encendía su mirada, el que marcó toda su literatura de ahí en adelante. Es imposible pensar, imaginar, barruntar, intuir, columbrar, que por la mente de Franz pasara otra cosa en esos momentos: no era un final feliz, era simplemente el final de su esperanza, el hallazgo de las reglas olvidadas, el último diálogo con los perros del Arcano mayor de Cáncer, su signo del zodiaco, la cifra de la clarividencia.

Cuando se fue rumbo al Wiennerwald Sanatorium, debió de dirigir una mirada de conmiseración a su madre. Julie K. se habrá sentido horriblemente vulnerable frente a esos ojos que, a pesar de la tuberculosis, conservaban su aire soñador. Imaginemos así su último acto en familia: viendo a su madre sin recato, diciéndole silenciosamente que no se preocupara, que él tampoco la amaba. «El amor se gasta. Se consume en palabras, queda en el relato de los sueños que tantas veces nos contamos. Ahí está *El fogonero*, tu sueño, ¿a ver que haces con él?»

Es probable que un ataque de tos, la sangre que a borbotones le llenó la boca, le nublara la conciencia y borrara de su mente todo vestigio del conjuro en que había vivido, a despecho de sí y de su madre, durante doce largos años. Es probable que ese olvido, ese abandono total a la tuberculosis, tuviera el dulce sabor de la autosalvación. Franz Kafka sacudió débilmente la cabeza en señal de derrota, y su madre lo dejó ir sin una sola mueca de dolor.

En los días siguientes, acosado por el demonio de la asfixia, Franz trató de recuperar su humanidad, intento que su madre atribuyó al deseo de extirparse el monstruo que ella había conocido desde la penumbra del pasillo. Pretendía ser cortés, tierno con todo el mundo, pero había algo artificial en sus maneras, en sus cartas, y cualquiera con un poco de perspicacia habría notado que seguía dominado por las emociones que le permitían escribir, pero que lo volvían, al mismo tiempo, un ser despiadado consigo mismo. La última nota que escribió a sus padres así lo demuestra: «Queridísimos padres: se trata de las visitas que suelen anunciarme. Reflexiono sobre ello todos los días, pues para mí es un asunto muy importante, pero demasiadas cosas hablan en contra. En primer lugar papá no podrá venir por las dificultades del pasaje. Eso quita una gran parte de su sentido a la visita, pues mamá, la acompañe quien la acompañe, se fijará demasiado en mí y aún disto de estar tan guapo como en otras ocasiones en que ella me ha visto. No vale la pena que me mire ahora...». La carta continuaba con una serie de banalidades que trataban de ocultar el grado de deterioro en que ya se encontraba, sin embargo, Julie K. había captado la sutileza del mensaje: «se fijará demasiado en mí... como en otras ocasiones en que ella me ha visto». Nunca había hablado con Franz de las muchas veces que lo espió durante las noches, mientras consumía la madrugada escribiendo, y él nunca le había dejado entrever que lo sabía. Ahora podía decírselo porque iba a morir. La señora Kafka sospechaba que había sido así, pues de otra manera era imposible explicarse lo sucedido, pero se hizo la falsa ilusión del secreto durante dos años, hasta que él se fue de casa. Tuvo la sensación de haber pasado encima de todo, a través de todo, y haberse quedado fuera de todo. Recordó la mirada con que Franz la vio antes de irse al hospital, la mirada acuosa con que le entregó su último reproche, y cerró para siempre el capítulo de su vida.

II

«Disto mucho de estar tan guapo», repitió Julie K. parada junto al cuerpo amortajado, recordando la carta de Franz. No se escuchaba ningún ruido, los hombres de la ambulancia, y el mismo doctor Klopstock, habían desaparecido hacía un instante y pertenecían a un pasado que ya le parecía remoto. Observó sin compasión el rostro muerto de Franz, sin alterar uno solo de sus gestos. Sí, tenía algo de bello, como si la muerte le hubiera devuelto parte de la belleza que ella tanto había disfrutado en su infancia y adolescencia. Era una belleza interior que se sobreponía a lo anguloso de sus rasgos, que salía a flote a pesar de los pómulos levantados y la barbilla pronunciada en un ángulo cerrado. En realidad, solamente sus ojos se podrían haber calificado de hermosos, con esa forma almendrada que ensombrecía la profundidad de los párpados, y acentuaba una mirada entre soñadora y nostálgica, que siempre deambulaba en una suerte de melancolía fantasmal. De entre todas las fotografías que tenía, su madre prefería la que le tomaron a los veintitrés años, cuando recibió el doctorado. Franz está de pie, de medio lado, mirando por encima de la cámara. Viste una gruesa levita de lana escocesa y tiene los brazos cruzados sobre el pecho. Los ojos hundidos, bajo las tupidas cejas, están anhelando algo; no miran, en rigor, a ningún lado, sino que se pierden en un horizonte que no existe, que no está o no pertenece a este mundo. La boca se delinea perfectamente sobre el mentón redondo, apaciblemente, sin fuerza, como si, de poder hablar, fuera capaz de transmitir las sutilezas de lo que está observando. En conjunto es difícil pensar que ese Franz Kafka, el de la fotografía, es el mismo que yace en el suelo, y sin embargo su rostro cadavérico ha recuperado algo de aquel gesto soñador, como si sus ojos cerrados siguieran perdidos en ese horizonte inexistente, en aquel desear y desear infructuoso, y conservaran intactas sus ilusiones en el fondo de su corazón muerto. En pos de esas ilusiones, piensa la señora Kafka, Franz hipotecó su salud: para alcanzar esos anhelos de sus veintitrés años hizo un pacto tácito con ella y le permitió observarlo noches enteras arrullando sus escritos con la sorda música de su viola. «Es la mirada de todos los Kafka», se dijo como murmurando una oración, «la de Hermann y Otto, la mirada que se grabó en mi sueño de América. Esa que le desveló a Franz las torturas de la realidad de la que quería escribir. ¿Por qué tuvimos que recorrer este camino?» Sólo una fotografía había sido capaz de captar esa mirada, una fotografía, como si el horror a «la realidad tal cual» (como él llamaba a sus fotos) hubiera anunciado que su literatura se comprometería con un realismo amasado entre la fantasía y los más atormentados misterios del alma humana.

—¿Cómo fue posible, Franz? —le dijo Julie K. al cadáver. Había en su voz un átomo de arrepentimiento, un resto de incredulidad por el tiempo perdido—. ¿Para qué lo hicimos?

Recordó aquel tiempo lejano en que, acompañada de su viola, arrulló las noches insomnes en que Franz escribía febrilmente, y volvió a sentir que su alma seguía atada a aquel motivo, aun en ese momento en que, con la muerte de Franz, todo parecía haber acabado.

—Por muchos años que viva, hijo mío, volverán siempre mis ojos a esa noche, a esa luna negra que no existe, a ese viento, a esa calma, a esa soledad, a esa casa. Lo sabías, ¿no es cierto? Lo supiste siempre.

III

Las semanas que siguieron a la noche en que Franz escribiera *La condena*, Julie K. se recluyó en su habitación tratando de evitar cualquier contacto con su hijo. Fueron días angustiosos, pesados, de un sopor que le provocaba una intensa migraña. ¿A qué le tenía tanto miedo, tanta prevención? Se fingía enferma para no salir, y en cierta manera lo estaba. Tenía visiones con su viola, la veía volar frente a sí, esperando que la tocara, que la instalara bajo su barbilla. Veía la música danzar en la luz como si las notas fueran las partículas de polvo que flotan en los rayos de sol que se filtraban por la ventana de su habitación, pero apenas cerraba los ojos todo se volvía negro, espantosamente negro, y un vértigo sin imágenes atizaba el sufrimiento de la migraña, y tenía la impresión de que un golpeteo de llovizna se abatía sobre sus párpados cerrados, y que nada escapaba a aquella inundación de negrura. Quien no ha padecido el tormento de la dilatación del nervio óptico no conoce lo que es descender a los infiernos entre alucinaciones de luz y nubes que condensan la oscuridad.

Una noche, atrincherada en la penumbra de su habitación, escuchó que Franz contaba a sus hermanas que acababa de leer *La condena* a un grupo de amigos, quienes celebraron su relato con tanto entusiasmo que se sintió inhibido. «Nos hemos reído como pocas veces», les dijo, «pero, desgraciadamente, desde la noche en que febrilmente escribí este cuento, me he apartado de mis cuadernos. No resisto la violencia que mi escritura demanda, parece que soy incapaz de enfrentarla solo». Les contó entonces —medio en broma, medio en serio— que una noche, hacía meses, había salido a pasear y que, en el puente de San Jorge, mirando la luna, casi hablando con ella, tuvo una revelación y se le ocurrió un relato al que incluso le puso título: *Descripción de una lucha*, pero que una vez de regreso a su habitación el encanto desapareció. «No pude escribir una sola palabra», les dijo, «las imágenes se me quedaron atoradas en la pluma. No sufría, no gozaba ni me lamentaba, y pensé que el hecho de que no pudiera sentir nada se relacionaba con mi incapacidad para escribir. Necesito de la fuerza, del influjo de la noche en que escribí mi condena, o volveré a sumirme en aquel estado de indiferencia».

Los egoístas siempre tienen la última palabra, se dijo Julie K., repitiéndose sin cesar lo que Franz había relatado a sus hermanas, con los dedos colocados en sus sienes para intentar calmar las punzadas de locura.

El relato de la impotencia de Franz fue un acicate, una súplica, a la que, como a todas las de su hijo, la señora Kafka fue incapaz de negarse, y esa madrugada volvió a salir de su habitación siguiendo temerosa su instinto de madre protectora. Su cobardía, su migraña, no habían alcanzado a inventar el arrepentimiento. Era un fantasma de sí misma. Llevaba sobre los hombros una bata ligera que dejaba ver su camisón de señorita pudorosa. Como la vez anterior, sacó del armario la viola, el cartapacio con la partitura, y el atril. Esta vez no fue a la habitación de Valli, se instaló a un lado del comedor, desde donde podía ver, al final del pasillo, la habitación de Franz. No le sorprendió que su puerta estuviera entreabierta. Nada se movía en el salón de la entrada, ni en el comedor ni en la sala. Sólo aquellas rachas de luz desprendidas a jirones de la lamparilla de la mesa de trabajo de su hijo. Las cosas por la noche se volvían más inmóviles, más oscuras. Jaló con dificultad una pesada silla, acomodó el atril y extendió la partitura de Mozart. La música empezó a surgir en su cabeza liberándola de la migraña, sin que ella hubiera presionado todavía ninguna cuerda. Cerró los ojos y una fuga de colores iluminó su entendimiento. Aquellos dedos trenzados sobre las cuerdas, sus propios dedos de luz alada, tomaron la consistencia de una pluma, y fatigados, expectantes, se obligaron a plegar su resistencia y abandonar el miedo. No tuvo más que seguir ese impulso para entrar en la música, acentuando la gravedad que imponía el violín, como si de repente ella, la viola, hubiera encontrado una frase para fugarse de la tristeza. Seguía ese diálogo como el rayo de luz de su cabeza y descifraba, instintivamente, el ritmo con que al cabo, derrotada, la viola declaraba que el único camino posible estaba en sumirse en la melancolía del tema principal. Escuchó al *cello* confirmar la sentencia: no había escapatoria posible, y los instrumentos volvían, arrastrando los arcos, prolongando cada nota, a sumirse en la tristeza. Una tristeza, ella lo sabía, redentora; una tristeza que increíblemente rescataba la vida de sus inútiles miserias. Julie K. seguía la música como si gracias a ella armara piezas de una nueva sensibilidad. Se trata, pensó, de la inexorable magnitud de la creatividad en lucha con la disipación de la vida. No había escapatoria, volvía a declarar el *cello*. No la había, aunque el alma, como si de un conjuro se tratara, invocara el pacto por el que se sacrificaba el cuerpo en el *tempo* melancólico del *adagio*.

Abrió los ojos y vio, al fondo del pasillo, la espalda de su hijo encorvada sobre la mesa de trabajo. Por la ventana se filtraba un viento cálido que le alborotaba el cabello. Había un fulgor difuso en la calle, que parecía emanar del río como un reflejo. Su cabello brillaba como si esa luz espectral le diera consistencia de fuego fatuo. Era imposible que escuchara la música, Julie K. apenas tocaba las cuerdas, las presionaba con las yemas y extendía el arco silenciosamente para que la melodía adquiriera el volumen de sus pensamientos, pero indudablemente existía, para ella y para él: era una música tan real como el resplandor falto de razón de la calle. Una música que ascendía por el árbol de la Cábala, que cifraba el poder mágico del lenguaje.

Franz no dejaba de escribir y su madre tuvo la sensación de que con cada nota del *adagio* cumplía los requisitos de su súplica, entregándole la fuerza saturnina de la que saldrían las palabras de sus historias, pero supo que al mismo tiempo le estaba dando un poder de eterno sufrimiento, de eterna insatisfacción. La música —ella, su viola, la magia de Mozart— le proveían, profusa y simultáneamente, de las dotes del triunfador y el miserable: de quien carece del amparo del afecto. Si la moral es la lógica de las costumbres, ellos estaban convocando un pacto más allá de sus propias convicciones, y el único camino que podían seguir consistía en sumirse en el dolor —en la gravedad del tema principal que ahora repetía la viola— para liberar el alma de la vida que la atrapa, algo que guarda cierto nexo, a pesar de sus intermitencias y asonancias, con la armonía que desfallece y se instala en el silencio de la belleza. Franz se entregaba, inerme, a consolidar el pacto que la música sugería. Por la ventana abierta llegaba todo el rumor de la intensidad del mundo, demasiado débil tal vez para entender exactamente lo que decía.

Viéndolo ahí, recibiendo la luz espectral que emanaba del río, Julie K. tuvo la misma impresión que la vez anterior, cuando lo había observado en cuclillas en el pasillo. La misma, también, que tuvo de él en aquel recital del Café Savoy: el alma de Franz flotaba sobre sus hombros, se ondulaba, oscilaba al ritmo del *adagio,* como si su silueta se moviera lentamente y ella fuera capaz de distinguir, en su mirada, las diversas líneas de su movimiento, como si existieran sin solución de continuidad el segundo anterior, el actual y el posterior. Daba la impresión de que se infiltraba en los mudos sonidos de la viola, y sin saber cómo, cruzaba los umbrales de la vida. El tiempo tenía sentido sólo para su mirada embrujada, y elaboró la sinrazón que justificaba aquel conjuro. De qué otra manera llamarlo: conjuro, una forma de belleza impura, de la cual la vida parece haberse retirado; una presencia solitaria como un lago atisbado a lo lejos, desde la ventanilla de un tren en movimiento; el truco del alma que ocupa fugazmente un cuerpo enfermo. ¡Qué caótico, qué irreal, qué falto de sentido! Julie K. comprendió entonces la aritmética de su hechizo, pero ya era muy tarde para arrepentirse. Habría necesitado una sabiduría de mago para comprender que en aquellos momentos en que espiaba a su hijo, estaba, para usar una figura cinematográfica, grabando su alma, filmándola para su perdición y su grandeza.

Julie K. regresó a su habitación en la madrugada con la sensación de que durante la noche el tiempo se había detenido en un letargo que no necesitaba de palabras para abarcarlo todo; era un lapso cenagoso que solamente había tenido sentido para permitirle cumplir con las súplicas de Franz y para que ella reencontrara la pasión perdida por la viola. Sólo para eso, pues para el resto de la casa, para su marido y sus hijas, el tiempo se desmoronaba en sueño, indiferencia, alejamientos, y permanecían ajenos a lo que había sucedido entre Franz y ella. Fue una revelación fulminante que le hizo sentirse condenada a experimentar tanto ese placer nocturno como a dar forma a un destino doloroso, etéreo, que inexorablemente se abatiría sobre ella.

IV

Durante algún tiempo se entregó sumisamente a ese rito nocturno, sin que durante el día cruzara palabra con Franz ni hiciera la menor alusión a ello en los breves momentos en que se encontraban por la casa. Julie K. se sentía satisfecha, era como si aquellas jornadas noctámbulas le hubieran restituido los desayunos en que ambos se contaban sus sueños. La vida, pensaba, va dando vueltas y se desarrolla en círculos concéntricos. Y habría transcurrido así, siempre de la misma manera, de no haber sido porque un día tuvo la curiosidad malsana de descubrir lo que su hijo escribía. Por lo general nunca había sido curiosa, y solamente cuando, de tarde en tarde, se miraba en el espejo, sentía una especie de resentimiento por haber envejecido, y le tentaba verificar que estaba al tanto de lo que sucedía con todos. Eso fue lo que sucedió en una de aquellas noches, se vio en el espejo de su propio rito: Franz paseaba por la habitación; daba zancadas cortas y nerviosas, y movía los brazos como aspas, disipando un humo o una luz que ella no distinguía; de repente estornudaba y tenía que detenerse para golpearse el pecho, pero una vez recuperado, volvía a la caminata con el mismo ritmo desesperanzado. En varios momentos se volvió hacia el pasillo para fijar su mirada en la oscuridad. ¿La buscaba?, ¿le suplicaba que lo ayudara nuevamente? Sus ojos estaban teñidos de amarillo, como si en vez de pupilas condensaran un centro luminoso. Parecía la mirada de un gato aterrado o de un alma poseída. Esa mirada, la luz de sus ojos, iba cambiando poco a poco, exigiendo algo, una cosa que a ella siempre le resultaba difícil darle. Como todo en esas noches, eran deslumbramientos fugaces que surgían en su cabeza al ritmo de la música, iluminaciones que acompasaban las ideas que le sugería la melodía que interpretaba. Aquel desasosiego, la mirada fulgurante de gato, picó su curiosidad, y regresó a su habitación como si Franz le hubiera transmitido la intranquilidad de sus paseos en redondo. Nada puede haber más serio que lo inaprensible, nada más imperativo, pues lleva en sus entrañas la semilla de la intriga. Julie K. necesitaba leer lo que Franz había estado escribiendo para saber qué era lo que sus ojos amarillentos exigían, y mientras dormía formuló sin querer la decisión de leer el manuscrito que con tantas fatigas pergeñaba su hijo.

Esperó varias horas para que la casa se quedara sola y pudiera entrar en la habitación. La encontró como la había visto la noche anterior, con la cama apenas destendida, el armario con las puertas abiertas y las ventanas con las cortinas descorridas. El sol entraba a raudales e iluminaba la mesa de trabajo color pardo oscuro, casi negro, en un desorden mitigado apenas por la pluma puesta al desgaire encima de varios cuadernos apilados. Brillaba el tintero y la plumilla, una estilográfica y la lamparita de noche. En el recuadro de la ventana se veía el río y un fragmento triangular del barandal de piedra que protegía la escalera del puente que descendía hasta el embarcadero. Empezó por tocar con la yema de los dedos el cartoncillo de los cuadernos, como si le diera mágicamente el poder de las cuerdas de su viola. Después abrió el que estaba encima, evidentemente en el que Franz había trabajado la noche anterior. *La metamorfosis,* decía en la primera página. «Al despertar Gregorio Samsa una mañana, tras un sueño intranquilo, encontróse en su cama convertido en un monstruoso insecto. Hallábase sobre el duro caparazón de su espalda y, al alzar un poco la cabeza, vio la figura convexa de su vientre, surcado por curvadas callosidades, cuya prominencia apenas podía aguantar la colcha, que estaba visiblemente a punto de escurrirse hasta el suelo. Innumerables patas, lamentablemente escuálidas en comparación con el grosor ordinario de sus piernas, ofrecían a sus ojos el espectáculo de una agitación sin consistencia.»

Quedó cautivada con la magia de las imágenes, pero horrorizada por lo que significaban. Recordó que ella le había reprochado que agitara los brazos como si fueran las patas de un insecto; recordó su vagabundear en redondo, agitando los brazos; recordó el aire de desamparo que le había descubierto durante la noche y se le congeló el instinto. ¿Qué estaban haciendo? ¿Qué horrible mal convocaban con su juego?

No pudo dejar de leer, presa de la angustia del relato, y, contradictoriamente, de la poesía de cada imagen. Pasaba las hojas del cuaderno asustada, dándose cuenta de que Franz, con su literatura, destruía la vida, otorgándole a lo que quedaba, sin embargo, una jerarquía superior. Todo lo que estaba contenido en la novela lo había sacado de sí mismo, era un revulsivo que revertía sus experiencias, dándoles una consistencia más real a pesar de que fuera fantástica. Era como si la historia emergiera de su memoria, pero como si, empero, esa memoria no dispusiera con entera libertad de sus recuerdos. Gregorio Samsa era un Franz Kafka destilado, que lo mismo crecía al punto de ser un gigante que trucaba su cuerpo en el de un enorme escarabajo, que se nos aparecía como un ser desprotegido, tímido, hambriento de cariño y comprensión. Su hijo era un saqueador de símbolos, y la verdad, la horrible verdad, era que todo cuanto había hecho ella por acompañarlo resultaba contraproducente. Recordó las muchas conversaciones que tuvieron acerca de sus sueños y tuvo el atisbo de que Franz había vertido en sus cuentos parte de éstas, parte de lo que entre líneas se habían dicho confidencialmente. El relato, sin embargo, iba más allá, y conforme avanzaban las páginas, Julie K. iba descubriendo que aquellas charlas se transformaban en una fábula de lo que había estado sucediendo en los últimos días, y hacia el final de la novela —la realidad, o su fabulación— la aterró: la hermana del insecto desempolvaba un viejo violín e interpretaba unas cuantas melodías para un trío de huéspedes de la casa; la melodía ejercía tal influjo en Gregorio Samsa, el escarabajo, que se precipitaba su final. «Le parecía», leyó Julie K. asustada, «como si la música abriese ante él un camino que habría de conducirlo hasta un alimento desconocido, ardientemente anhelado. Sí, estaba decidido a llegar hasta la hermana, a tirarle del faldón y hacerle comprender de este modo que había de venir al cuarto con el violín, porque nadie pensaba aquí en su música como él quería hacerlo. En adelante ya no la dejaría salir de aquel cuarto, al menos en tanto él viviese. Por primera vez habría de servirle de algo aquella espantosa forma». Volvió a sentir que las palabras se liberaban de sus significados y decían algo que sólo ella entendía. Salían volando de las hojas del cuaderno, revoloteaban por su cabeza y susurraban otras historias a su oído con un sonsonete terrorífico. Recordó la mirada de Franz buscándola en el pasillo, tratando de atraerla hacia su cuarto. ¿Quería aprisionarla, que se quedara encerrada con él?,

¿ya no era su madre, sino su cómplice, y por ello, en la novela, la había transformado en su hermana? Franz estaba entregado a otras fuerzas, otras, que ella desataba con su música y lo hechizaban, tal como la hermana hechizaba a Gregorio al punto de traerlo hasta el centro de la sala donde encontraría el principio de su muerte. Era un trueque con el diablo, un cambio, al menos, de otro orden. Julie K. se sintió mareada, no podía soportar las náuseas. El tubérculo de una ira insoportable empezó a brotar dentro de ella, se convirtió en un grano alojado detrás de la mirada, como un glaucoma, y de ahí se extendió a todo su cuerpo como un cáncer. Julie K. fue consciente del crecimiento incontrolable de ese cuerpo extraño, pero no podía repelerlo, su voluntad se había consumido al leer aquella descripción de su música y del efecto que había causado en su hijo. Es imposible, pensó, volver a la vida después de escribir esto, después de haberlo leído. Franz jugaba con la humillación, humillándose y humillando al lector para salir airoso como escritor. Era comprensible que aceptara la tuberculosis como precio. Así se podría entender, en el *adagio* de Mozart, la imperturbable participación del *cello:* no había escapatoria posible. Cerró los ojos, la luna se hundió en la negrura de la migraña y tuvo la sensación de que se iniciaba un tamborileo de llovizna en la inmensa oscuridad. Parecía que nada iba a poder escapar a aquella inundación de negrura que, colándose por todas las rendijas, se tragaría al mundo entero. En lo más profundo de su estómago, el tubérculo de la ira seguía entonando una canción venenosa.

¿Hasta dónde sus presentimientos eran ciertos?, ¿hasta qué punto colaboraba ella con su música, la música fúnebre, mágica de Mozart? Escondido entre los cuadernos encontró una página suelta con algunas notas que fueron escritas seguramente al mismo tiempo que la novela: «En ocasiones me parece», decía Franz con su letra apretada, «que mi cerebro y los pulmones se han entendido entre ellos sin mi consentimiento. Mientras el primero pergeña esta historia tenebrosa, los pulmones enferman de sangre». Sigue un dibujo, uno de sus típicos manchones de tinta, que parece la silueta del cucarachón en que se convirtió Samsa, y después continúa. «Más que otra cosa, mi novela es una especie de heroicidad debida a la hemorragia, una heroización de mis pulmones enfermos. Escribiré hasta el final, pero ya no sanaré. Estoy contento. Soy un ser enfermo. No puedo mantener el equilibrio de otra forma. Mi barca es muy frágil y necesito de estos estímulos para escribir. Ya no podría prescindir de ello. No hay escapatoria posible.»

Estamos hechos para concebir lo inconcebible, para soportar lo insoportable, pensó Julie K. guardando nuevamente la nota entre los cuadernos. Franz había escuchado al *cello* y no a la viola, o ella, engañada, acentuó las notas que dieron sentido a lo escrito en aquella hoja suelta. Recordó la intranquilidad que extenuaba a Franz mientras escribía su novela, y se percató de que solamente su agitación conservaba una huella de forma humana, dejando constancia, en su leve intensidad, de que hubo un tiempo en que él se resistió a los embates de aquella furia, antes de que claudicara, antes de que los pulmones y el cerebro, como él decía, se hubieran entendido a sus espaldas. Ahora, día tras día, la enfermedad se limitaría a devolver, como una flor reflejada en el agua, la clara huella de la vida que escapaba.

Sólo del dolor experimentado por uno mismo se puede extraer sabiduría, y leyendo aquella nota relacionada con *La metamorfosis*, Julie K. comprendió el efecto que había logrado con su viola siguiendo la inexplicable súplica de su hijo, y supo que, sacando energías de la forma en que lo observaba, Franz estaba pariendo una estética nueva, tan nueva que años después ella calificaría de kafkiana. No pudo prever, sin embargo, que de la misma manera que la tuberculosis se adueñaba de los pulmones de su hijo, su complicidad, aquel rito silencioso al que estaban dando forma entre ambos, le iba a secar el alma.

Reacomodando la pila de las libretas para que Franz no descubriera que había estado esculcándolas, se encontró con uno de los cuadernitos verdes que tenía escrito sobre la tapa —con la conocida letra manuscrita de su hijo— la leyenda de su juicio: *El sueño de mi madre*. La realidad es el más hábil de nuestros enemigos: perpetra ataques en el único punto de nuestro corazón donde no tenemos preparada la defensa. Se habían entregado a las herrumbres del pecado, habían perdido el amparo del afecto, de su mutuo afecto.

V

¿Lo leyó inmediatamente después de recibirlo, o esperó a la madrugada para que su marido estuviera dormido? ¿Dejó pasar tantas horas antes de atreverse a viajar, bajo la luz mugrosa de la lámpara de pie de la sala, a través de aquellas setenta y dos páginas que le acababa de entregar Franz? Julie K. no se acuerda. Mira el cadáver de su hijo, y no sabe. Fue quizá uno de los momentos más importantes de su vida, pero los detalles se desdibujan en su memoria. Tiene la vaga conciencia de haberse sumido en un letargo, como si el tiempo se hubiera detenido o flotara en un instante que se prolongaba y prolongaba, curiosamente, sin transcurrir. Recuerda que estaba en su habitación pensando que su esposo no tardaría en llegar. Había puesto el librito sobre la mesilla de noche (algo que Franz reprocharía a su padre con los años: que olvidara sus libros en la mesita de noche como si le fueran indiferentes) y veía la cubierta presa de aquel recordatorio del día del juicio que predestinaba su lectura. Desde que leyó *La metamorfosis* no se había atrevido a acercarse a los escritos de su hijo. Ahora, sin embargo, tenía uno de sus libros frente a ella, en donde, quizá, se contaba algo íntimo, algo que no quería que se supiera. ¿Revelaría situaciones tan escabrosas como en la escena de *La metamorfosis* donde la hermana de Gregorio Samsa lo hechiza con su música?, ¿qué más confesiones, qué otros juicios le faltaba escuchar? Tuvo la extraña sensación de que su sueño había tomado por asalto la realidad, y sintió miedo de que el padre llegara, descubriera el libro, y con el pretexto de la aversión que le producía la vocación literaria de su hijo se pelearan, pero se percató inmediatamente de que no era a causa de Hermann Kafka por quien había demorado la lectura, sino porque temía que fuera a encontrar una sentencia: el Juicio Final anunciado en la tapa del libro.

«Nada será ya igual», se dijo. «No habrá escapatoria posible.» Se volvió hacia el librito e intentó descubrir en la composición de la tapa el anagrama de su miedo. Sintió algo que nunca sospechó le iba a suceder alguna vez: desconoció a su hijo, desconoció la voz con que le regaló su novela, y prefirió guardarla en el cajón de la mesa de noche.

Sí, recuerda, entonces decidió esperar hasta la madrugada. Regresó a la sala, indecisa, temerosa, pues no quería hablar con Franz ni sentir la tentación de reclamarle que hubiera utilizado su sueño en su provecho. No deseaba que volvieran a ella la multitud de culpas, rencores, odios imaginarios que trazó la mañana en que descubrió, en el escritorio de Franz, el manuscrito del que había salido *El fogonero*. Regresó a la sala porque no habría sabido a qué otro lugar ir. Ahí sentía que el mundo acallaba sus rencores al son de su mirada. Volvió a ese pequeño reino como la zorra asediada busca su escondite. Evocó la textura del libro (parecía hecho con fuego, un fuego que se hubiera quedado prendido a las palmas de sus manos), evocó el cuadernillo verde donde supo por primera vez que Franz estaba escribiendo su sueño, y pensó que había hecho algo indebido. ¿O había cometido un acto que más que indebido era perverso, y ella no quería reconocerlo plenamente?

¿Había sido para tanto?, se preguntaba, alisando sus cabellos, ¿realmente para tanto? Puede ser, aún hoy puede revivir sus emociones, los enojos y sorpresas que experimentaba, fueran las horas que fueran, estuviera sola o acompañada, hubiera transcurrido no sabe cuánto tiempo desde que Franz la retara a descubrir su sueño. Debió de haber pasado un largo rato, su marido hubo de regresar al filo del anochecer, debieron de cenar, hablar de banalidades entre todos, pero Julie K. recuerda solamente que en la madrugada se levantó sigilosamente y volvió a la sala: su escondite. Sentada en la mecedora encendió la lámpara y abrió el tomito. La ciudad se había convertido en una serie de luces desbalagadas que flotaban en la oscuridad a través de la ventana. Volvió a acariciar las tapas del libro para exorcizar, del fuego, el presagio de un mal irremediable. Habían bastado esas pocas horas para volverlo una caja de Pandora, un alhajero, el ángel del Día del Juicio. Desde el primer párrafo sintió frío en los huesos: «Cuando Karl Rossmann —muchacho de dieciséis años de edad a quien sus pobres padres enviaban a América porque lo había seducido una sirvienta que luego tuvo de él un hijo— entraba en el puerto de Nueva York a bordo de ese vapor que ya había aminorado la marcha, vio de pronto la estatua de la diosa de la Libertad».

El resto fue un viaje por el infierno de sus temores. La literatura es un mundo donde habitan fantasmas vestidos de palabras, y las dos horas desvariadas en que Julie K. leyó el relato de su hijo, en su recuerdo, sucedieron en un sitio que poco o nada tenía que ver con su noción de espacio o tiempo. Ocurrió, si se quiere, apenas ayer, o sucederá mañana, o había sucedido todos y cada uno de los días de estos doce años; había tenido lugar en cualquier casa en que estuviera, en aquel departamento placentero del noveno piso del número 11 de la Niklasstrasse, en las otras viviendas que ocuparon por breves temporadas, o en este suntuoso departamento del edificio Oppelt, donde vio cómo su Franz se mudó a varias casas sin poder encontrar un domicilio propio, huyendo de sus padres, de sus amores, de sí mismo, como si esperara encontrarse con la muerte. Quizá está sucediendo en este momento donde ha comprobado, después de la mirada recriminatoria del doctor Klopstock, las intuiciones que *El fogonero* sembró en su corazón. El tiempo, su amor, se detuvieron desde aquella noche. La lectura cambió su vida y nunca más fue la madre que imponía el orden y la coherencia en su familia. Le pareció que en aquella madrugada sus ojos se habían encontrado con su mirada, que escudriñaron en el fondo de su corazón sin saber podido purificar la sombra de irritación y desamparo que había nacido en su alma. No hay palabras para describir lo que encontró escondido en la novela de su hijo, sólo la imagen del ultraje que da la verdad expuesta sin tapujos. Nada rebasó las emociones que tuvo al leer *La metamorfosis,* pero tuvo la sensación de que, con su sencillez, de una manera aún más perversa, *El fogonero* desnudaba su historia, la vida oculta que, entendiendo y aceptando, no había podido explicarse ni explicar a nadie. Podría decir que la caligrafía de la novela desveló la caligrafía de sus sentimientos. A un hijo no le está permitido, se dijo en silencio, exponer con tal crueldad los sentimientos de sus padres, mucho menos apropiárselos y hacerlos pasar por propios. No era siquiera un pecado contra el cuarto mandamiento, era algo peor: el hijo que se adueña del hálito de su madre y lo utiliza para hacer un pacto con el diablo. ¿Le importaban sus deseos, su verdad, o lo único que puso en juego fue su escrupuloso egoísmo, el propósito de lograr una frase perfecta? ¿Acaso no lo sabía, no lo había columbrado así en las noches en que lo vio escribir? ¿Qué le sorprendió tanto?

Convendría, para entender el drama en el que se había sumido Julie K., que analizáramos brevemente el sueño de América. El centro de su mensaje radicaba en que había mezclado las personalidades de Franz y Otto, algo que le había cautivado a ella pero que produjo en su hijo una mezcla de admiración y rechazo. Como han señalado algunos autores, el único error de Freud al realizar su teoría de la interpretación de los sueños fue haber dejado de lado el concepto de belleza. Los sueños son efectivamente, como él señala, un mensaje del inconsciente, pero un mensaje bello, o si se quiere poético, por eso, aunque sean comprensibles son indescifrables. Un sueño descifrado es un mensaje roto, trunco, falso. Es como prosificar un verso. Cualquiera podría entender lo que Borges quería decir cuando escribió: «El nombre es el arquetipo de la cosa, en las letras de *rosa* está la rosa y todo el Nilo en la palabra *Nilo*». Pero nadie puede descifrar ese pequeño poema sin correr el riesgo de arruinar tanto su significado como su calidad poética. El sueño de Julie K. pudo haber sido trágico, pero había sido un sueño bello. Se puede pensar que había una intención oculta, repulsiva, si se quiere, en haber hecho que su hijo fuera un parásito de un hombre al que despreciaba, su tío Otto, pero ese ser que los mezclaba, el símbolo de ese ser, había sido tan hermoso como podía ser, por ejemplo, un Golem. A esa, su belleza, habría que agregar, por otro lado, la música de fondo que tan importante era para ella: el *adagio* de Wolfgang Amadeus Mozart. Se había convertido, así, en algo más que un sueño: era su vida entera, sus anhelos y tormentos cifrados en unas cuantas imágenes.

Cuando Julie K. leyó *El fogonero* se encontró no sólo con la anécdota, sino con la poesía de las imágenes con las que había soñado. Si la palabra *sueño* contenía su propio sueño, el relato de su hijo se había apropiado de todo: palabra, sueño y vida. En ese momento preciso tuvo la sensación de que Franz, la carne de su carne, le había robado su alma, el alma que durante tantas noches dejó flotar en la música de su viola para acompañarlo en sus desvelos, y que era una de las razones por las que ya no soñaba y se sentía condenada a vivir en un universo de sentimientos desplazados, incomprensibles o extrañamente ausentes. Se sintió al borde de algo inasible, desconocido. Por muy profundos que fueran los abismos a los que descendiese, pensó, o muy altas las cimas que escalase en su interpretación, *El fogonero* encerraba una clave tan ininteligible como peligrosa. Era como si la música etérea que increíblemente se escuchaba en su sueño fuera la que daba aliento a cada frase: el ritmo de la prosa era, por decirlo así, el de aquella pieza indescifrable que ella, ya en la vigilia, atribuyó a Mozart. Pensó en la oración lunar, en un desierto helado, en la vida trastocada por la muerte, el anhelo de la creatividad a cambio de la vida, la vida de quien fuera. ¿Cómo era posible colegir esto de un conjunto de notas?, ¿cómo se entiende la música?, ¿podemos descifrar lo que vivimos? No pudo evitarlo, volvió a formular aquellas difusas preguntas que desde siempre lo abarcaban todo: ¿Es tan necesario amar?, ¿tan despreciable que odiemos?, ¿tan destructiva la indiferencia? ¿Cómo era posible convocar la muerte en algo que ella había dado con tanta vida?

Nunca, como en esa ocasión, había sufrido tanto, nunca, tampoco, estuvo tan cerca de la verdad. Pensó en los ojos amarillos que Franz tenía en su sueño, amarillos como de gato, que parecían reflejar el mundo entero sin dar el menor indicio de sus pensamientos o sus emociones. Eran los mismos ojos con que atisbaba el rincón donde ella se escondía la noche en que escribía, perturbado, *La metamorfosis*. Lo había confundido todo: el desasosiego, la perturbación, la aparente tristeza de su hijo. Pensó en un alma que se inmola, y regresó asustada a *El fogonero*: «De ninguna manera», decía el tío de Karl, «quiero yo cohonestar lo que mi sobrino ha hecho para ser así castigado, pero su falta es tal, que el sólo nombrarla contiene excusa suficiente». Sufrió un escalofrío, y la sensación de que su sueño estaba tomando por asalto la realidad volvió a adueñarse de su piel. «Es más que mi sueño», pensó, «más que la música de mi sueño». La falta que no se podía nombrar era otra, no la seducción de la sirvienta, no el hijo bastardo. Era otra, y ella lo sabía: Franz había descubierto, en la manifestación del deseo inconsciente de que se fuera a América, la indiferencia que desde siempre estuvo agazapada en su corazón, su desamor disfrazado de lástima y nostalgia.

«Que se fuera a América, eso quería realmente», se dijo, «que no volviera nunca más». No lo odiaba, pero lo ayudó a destruirse volviéndose cómplice de la fuerza que él llevaba dentro, y de la que surgió la tuberculosis y ese relato magistral. Era la viola trucada por el *cello*, el amor derrotado por la indiferencia, *El fogonero* entregado a cambio del sueño, la rosa que está en cada letra de la palabra *rosa*.

¿Cómo ser implacable con el análisis del mundo y al mismo tiempo irresponsablemente libre con nuestras ensoñaciones? Nunca volvió a ser la misma: perdió la inocencia del amor filial. ¿Serán tan simples nuestros sueños, tan crudos sus significados? Finalmente la literatura y no la realidad le descubrió el lado oculto de sus deseos, y cayó en el abismo de su indiferencia.

—No era tu alma lo que estaba en juego, Franz, era la mía. También de eso estabas enterado, ¿no es cierto? Si aquella madrugada en que leí tu libro hubieras estado conmigo, ¿habrías sentido lástima?, ¿te habrías apiadado de mí como yo me apiadé de ti?

Julie K. se sintió inútil, inválida y, olvidándose del cadáver, se vio obligada a repetir, paso a paso, gesto a gesto, el rito con que dio por terminada su lectura: hizo como que cerraba el librito entre sus manos, y recordó que, entonces, la luz de la madrugada amenazaba con romper, sobre las sombras recortadas del final de la ciudad, la línea del horizonte. No había más ruido que el silencio, más luz que la de la oscuridad, y caminó hacia la ventana. La calle estaba solitaria. Ni un movimiento, ni una sola persona: la calle y nada más, como si una ciudad pudiera ser eso, ciudad por sí misma, sin ningún habitante, ciudad y ya. Vio las figuras grotescas que adornaban el puente, las gárgolas que emergían de los edificios al otro lado del río, pensó en la cantidad de figuras fantasmales que poblaban la ciudad de Praga. La historia checa era tan fantasmal como aquella multitud de monstruos, y Julie K. habría querido, en ese instante, sentir miedo por su gesto tenebroso y sustituirlo por este frío que se colaba en el alma. De nuevo volvió a sentirse sola ante la presencia de su vieja contrincante: la vida, ¿la vida?

VI

Así que aquello era la muerte, se decía la señora Kafka, esa inmovilidad que durante doce años había temido. No era tan terrible después de todo. Le parecía que confirmaba cierta oculta noción que tenía sobre el carácter de su hijo, sobre lo que desde siempre había deseado. Viéndolo —tendido, amarillento, inmóvil, con la mandíbula apretada sin sentido— daba la impresión de que nunca hubiera pronunciado una palabra, de que aquel era su estado natural.

¿Por qué nunca pude hablarte, Franz?, le preguntó. ¿Por qué impusiste sobre mí el rigor de tus caprichos? No pude comprenderlo y me entregué sin saber el daño que te hacía, sin saber que era el instrumento de una misteriosa voluntad. Aunque quizá no fuiste consciente de ello y tú también tuviste que entregarte a la alquimia que creábamos en aquellas noches tormentosas. ¿Habríamos debido evitarlo? ¿Habría servido de algo? Max Brod me hizo leer varios de tus textos. Me dijo que eran maravillosos, y en verdad lo son. Los leí, quiero decirte, con fascinación, como si los hubiera escrito alguien ajeno a mí. Quizá ésa sea la verdad, te has vuelto alguien ajeno, eres un extraño. No me parezco en nada a la madre de tu infancia. Tu relato, *El proceso*, resulta a veces cómico, a veces patético, pero una no puede evitar compadecerte. ¿Cómo no lo comprendí antes? Viviste el amor desgraciado con aquella chica, ¿cómo se llamaba? Ah, sí, Felice. Lo viviste, si he comprendido algo de ti, para concebir esa novela, aunque tú siempre sostuviste lo contrario, todo aquello de fundar una familia, de salvarte, de independizarte, ¿recuerdas? Para escribir tu novela te ejercitaste enviándole tantas cartas, para lo mismo nos obligaste, a tu padre y a mí, a ir a Berlín para representar el teatro en el que pedíamos su mano. No me parece mal, pero no justifico que nos hubieras engañado, aunque sólo ahora me doy cuenta, en todo los que vale, de que en ti todo se redujo siempre a buscar una experiencia, si no literaria, que sirviera de base a tu literatura. Recordé tu sueño de la novia que nunca aparece y tuve la sensación de que preveías tu vida, que te adelantabas a ella, y que tus sueños eran el faro que iluminaba tu futura escritura. Siempre te quejaste de tu forma de vivir, pero tus sueños te dotaron de una sabiduría especial para moverte entre tus inescrutables sentimientos, aunque, a la luz de los hechos, ese conocimiento no te sirvió para vivir mejor sino solamente para escribir, para transformar en escritura todo lo que en la vida padeciste. Es probable que te juzgue mal, que junto a mi compasión haya extraviado el juicio. En cualquier caso, *El proceso* es una de las mejores novelas que he leído. Max me dijo, también, que le suplicaste que la quemara, que se deshiciera de todos tus papeles, y que, sobre todo, no me dijera nada ¿Por qué tuviste ese último arranque de sinceridad? ¿En verdad querías quemarlos? Se lo prohibí, sabes. Le dije que hizo bien en consultarme, que tu obra no merecía ese destino. Debí decirle que nuestra obra no merecía ese destino, que con lo que habíamos pagado ya era suficiente. ¡Qué gran vanidad la tuya, qué enorme insatisfacción! ¿Qué pretendías, qué quisiste finalmente que fuera tu vida? Hay una regla para las deudas de la vida: mejor dejarlas prescribir que cobrarlas demasiado tarde, y a ti se te fue el tiempo.

Julie K. hacía estas consideraciones sabiendo que conocía todas las respuestas, porque entre tantos tumbos y asperezas que había tenido su vida cotidiana, entre todo aquel jaleo de ires y venires de Franz, de enfermedades y pronósticos, no dejó nunca de estar latente esa sensación de algo que se retiraba sin cesar, de algo que caía en el mismo sitio donde antes había caído ella, provocando una especie de eco que repercutía en el aire y lo dejaba plagado de las vibraciones que signaban su indiferencia. Miraba el cadáver de Franz y habría querido que la inmensa ola de hastío que desvelaba su desesperanza le permitiera recobrar el hambre insaciable de compasión que alguna vez había sentido. Que aquella exigencia de que se rindiese incondicionalmente a los caprichos de su hijo dejara al fin de afligirla y pudiera recuperar su alma avasallada, el alma que dejó extraviada en un rincón después de que leyera *La metamorfosis*, y que más tarde *El fogonero* acabó por destruir como un incendio inclemente en un bosque seco. ¡Cuánto necesitaba comprender, cuánto aceptar los motivos que tuvo Franz! Qué bestia voraz es la vanidad, se dijo. Se alimenta de éxito igual que de fracaso, de la felicidad igual que de la desgracia, del amor igual que del odio, y llegado el caso hasta es capaz de devorar su propio sebo para engordar todavía más.

¿Sabes, hijo mío? Tuve que abandonar la viola para siempre. No sé si te enteraste, si alguna vez supiste que finalmente me alejé de tu recámara. ¿Te diste cuenta de que había llegado al final, al final de mí misma? La devolví al

armario y nunca más me atreví a tocarla. Ya no tenía fuerzas, había consumido el resto que me quedaba de pasión.
Me sentía derrotada, vacía. Pasaba junto al armario, deseaba sacar la viola, pero la indiferencia que se cernía sobre mí era mi mejor aliada. Recuerdo que por ese tiempo,
después de que te fuiste de la casa, limpiando tu habitación me encontré con una nota, uno de esos papelitos que
de repente pegabas a las hojas de tu diario. «Porque en secreto creo que esta enfermedad no es tuberculosis, o por lo
menos no es una auténtica tuberculosis, sino mi bancarrota
general.» Comprendí que formular esos pensamientos
(aforismos los llama tu amigo Max) fue uno más de los
ardides que encontraste para evadirte de ti mismo. Tenías
y no tenías razón. Era tuberculosis, una tuberculosis tan
cierta que te llevó hasta esta mortaja. Pero en su origen no
lo era, y todo se reducía a una simple dejadez. Eso pensé
yo, ingenuamente, cuando leí tu nota. Dejadez. Mucho
tiempo después comprendí que estaba equivocada. Lo
tuyo fue un asunto más serio, más mágico incluso. Era el
destino que elegiste o que alguien eligió por ti. Todavía
me pregunto si hubo un momento en que pudiste optar
por algo diferente. No lo sé. Max me ha hablado de tu
viaje a París. El pobre estuvo aquí, conmigo, llorando des-
consoladamente tu muerte, y se refirió a aquel viaje como
el principio de la desgracia, pues según parece te encontraste con una quiromántica. ¿Por qué no me contaste
nada? Alguna vez mencionaste el viaje, me dijiste que te
había ido mal, pero no me aclaraste la razón del daño,
sino que te referiste a él con esa forma elíptica que usabas
conmigo desde entonces, y a la que nunca pude resis-
tirme. Max me dijo que desde aquella ocasión estuviste
obsesionado con dilucidar algunas normas olvidadas,
algo, no entendí bien, que debías recordar para salvarte.
Yo, para serte sincera, intuí algo, algo que no sé cómo me
transmitiste, pero que fue el alimento de mis obsesiones,

aunque nunca nos pusimos de acuerdo en lo que significaba la palabra «salvación». Alguna vez pensé que fue un
conjuro, incluso estuve segura de ello, y hasta elaboré una
teoría de las relaciones de la creación del Golem y la música de Mozart. Quizá me equivoqué, tal vez vi magia
donde sólo había un alma atormentada, genial, como la
tuya. Quizá quise dar una explicación sobrenatural a algo
que está, naturalmente, en la humanidad: la creatividad.
Tal vez tu fuerza creativa era tan fuerte que necesitaba ali-
mentarse de tu cuerpo. ¡Qué barbaridad! El Golem, Mozart, Gregorio Samsa. ¿Crees que estuve en lo correcto?,
¿que lo tuyo fue un pacto, como el de Fausto, con el demonio? No encuentro todavía otra explicación, otra disculpa,
aunque cometí un error garrafal: pensé que el pacto era
solamente tuyo, tuyo el riesgo y el beneficio, y que yo no
tenía nada que ver. A lo mejor al principio esa fue tu intención, si es que se puede hablar de «intención» en este caso.
Evidentemente nos confundimos. Lo supe el día en que
me entregaste tu relato, *El fogonero*. ¿Lo hiciste adrede?
¿Sabías el mal que me provocabas enterándome del daño
que te había hecho? Pero no, no era daño para ti, pero yo
lo sentí así, irremediablemente, como un daño irreparable.
Tuve la sensación de que en el mundo no quedaba nada a
lo que tuviera derecho. ¿Acaso no hay soborno más artero,
más pérfido, que el que se hace con el alma? ¿No son los
peores chantajes los que tienen por botín nuestros sentimientos? Lo tuyo, repito, era y no era tuberculosis, ¿pero
qué era lo mío?, ¿cuál fue la enfermedad que arruinó mi
espíritu? No pretendo compararme contigo, ¡válgame Dios!
Tu literatura, ahí están tus cuadernos, es mucho más importante que mi música. Pero en la vida hay otras calida-
des, otras medidas, y uno arriesga lo que tiene a despecho
de que lo ganado sea satisfactorio o no. ¿Satisfactorio para
quién, después de todo, si solamente uno juzga lo que
vive, si sólo uno es la medida de su orgullo? Digamos

que mi pobre música nunca alcanzó la grandeza de tu Gregorio Samsa, pero él no habría existido sin el mínimo lamento de mi viola. Tuvimos pasiones paralelas, y aceptémoslo: las líneas paralelas se encuentran en el infinito, en su castigo: en tu tuberculosis y mi sequedad, en mi indiferencia hacia tu muerte.

No se escuchaba ningún ruido. El soso traqueteo de la calle se había extinguido y estaba sola, auténticamente sola, frente al cadáver de su hijo. Sola con sus palabras. Sola, con ese monólogo que compulsivamente tenía que sostener, sin ninguna otra alternativa, con una repentina intensidad, como si en el espacio de un segundo acabara de comprender que era la última oportunidad que la vida le brindaba para romper aquel silencio prolongado y rígido que se había instalado durante doce años entre ella y su hijo Franz. Su mente, desde las más recónditas profundidades, no dejaba de asaetearla con escenas, con nombres, frases, recuerdos e ideas, como un surtidor alzando su chorro por encima del espacio blanco, reverberante, arduo y hostil de su indiferencia. Qué rápido encuentran los hechos su lugar en el mundo en cuanto suceden, qué rápido, para irse convirtiendo, año tras año, día tras día, en un cruel escalofrío de terror.

¿Qué elementos, dime, tuve para comprenderte, para descubrir tus íntimos y verdaderos deseos? ¿Mi sueño? No, Franz, no tenía recursos a mi alcance, sólo mi pobre lástima de madre. ¿O piensas que fui responsable por haberme confundido? ¿Fue para tanto el que no fuera consciente de que, en verdad, no te había confundido con tu tío Otto, sino que la intensidad de tu mirada se me había mezclado con la de todos los Kafka? ¿Te lo tendría que haber aclarado cuando me di cuenta? ¿Habría valido de algo, o eso, aclarártelo, te habría dañado aún más? ¡Qué inútil preguntarse tantas tonterías ahora que has muerto, ahora que has cumplido con tu más íntimo deseo! Pero déjame volver a un asunto central de estos días: la petición que le hiciste a Max para que quemara tus escritos. Estuvo a punto de cumplirla, sabes, pero algo, frente al fuego de la chimenea, se lo impidió. Estaba bajo el influjo de tus caprichos como yo lo estuve durante mucho tiempo, y era incapaz de resistirse a cualquiera de tus deseos, pero afortunadamente pude atajarlo. No lo hice por ti, como comprenderás, sino porque no tenía otra alternativa. ¿De qué habría valido todo lo que hicimos, de qué, el robo, la música y el conjuro? No necesité, de cualquier manera, insistirle mucho. El amor que el pobre siente por ti estaba tan ligado a tus escritos que de haberlos quemado habría matado algo que vivía intensamente dentro de él. Eras casi un santo para Max, y pensaba que tu santidad se fraguaba en tus novelas. Me parece curioso lo de la santidad. Debió de intuir algo del trueque que realizamos con lo desconocido, ¿o debo decir con lo sobrenatural? ¿Fue tu tuberculosis algo fuera de este mundo, es a eso a lo que te referías en tu nota? No estoy segura. No podría afirmar ni lo uno ni lo otro, aunque me inclino a pensar que sí, que al menos lo que te enfermó no fue un pacto natural. Nunca he podido borrar de mi cabeza la imagen tenebrosa que se iba gestando en tu habitación mientras escribías. Me daba miedo y no sé cómo no salí corriendo desde el primer momento. Seguramente yo también estaba seducida, de una manera distinta a la de Max, pero finalmente seducida. No había leído La metamorfosis, de haberlo hecho podría haber evitado el daño, pero después he pensado mucho en las intenciones que tuviste con el pasaje donde la hermana toca el violín. ¿No sabías que alguna vez lo leería? Si no ese día que clandestinamente me metí en tu cuarto, sería en otra ocasión, cuando efectivamente lo publicaste, pero irremediablemente conocería tus intenciones, el fondo de tus intenciones, como nadie podría hacerlo. ¿No te importó lo que pensara? ¿De verdad creías que eras el único que podía entender mi música y eso te resguardaba de una posible recriminación? Quizá me equivoqué al interpretar tu novela como una versión de la realidad, quizá tus propósitos eran otros, más grandes, más profundos que decirme algo a mí, pero, compréndeme, yo estaba ahí, contigo, intentando formular tu salvación, y vi en esas páginas una cifra de los dos, de tu deseo y mi música, de lo que nos estaba sucediendo. Tal vez fuera un error, pero descubrí no una versión de nuestros aconteceres, sino del daño que mutuamente nos provocábamos. Nunca olvidé aquella frase que tanto me hirió: «por primera vez habría de servirle de algo aquella espantosa forma». ¿Era verdad?, ¿sentías que tus tormentos, tu devastada personalidad convertida en cucaracha te habría servido para seducirme, para doblegar mi rechazo? ¡Qué tenebrosos son los caminos del amor, qué transparentes los del egoísmo! Aunque no sé si fue amor o egoísmo lo que te condujo directamente a escribir esas páginas, ese párrafo siniestro de *La metamorfosis* que, como la manzana que infecta la espalda de Gregorio Samsa, a mí me emponzoñó el corazón. ¿Qué fue más fuerte en el instante en que las palabras se revelaban en tu estilográfica, tu deseo o la música? Las dos, seguramente. Y por eso, cuando guardé para siempre la viola también encerré en el armario mi amor por ti. ¿Cómo habría podido quererte si por ti maté algo que amaba profundamente? Muchas veces he pensado, he sentido, que habría sido mejor que te hubiera encerrado a ti, que esa habría sido una buena revancha para mi pobre música: que te dejara olvidado en tu cuarto como lo hice con mi viola en el armario, como lo hicieron los padres de Gregorio Samsa cuando al fin el pobre insecto se murió. Soy injusta, lo sé, pues de no haber mediado tu insistencia tampoco habría retomado la música. Tú eras la razón de todo: para ti saqué la viola y volví a tocarla para que pudieras escribir, ¿recuerdas?, para darte la fuerza que necesitabas y resistieras lo que llamabas «la violencia de la actividad de escribir». ¿Cómo iba a soportar, entonces, la convivencia del silencio y del amor? No, Franz, el día en que encerré mi viola de nuevo, decidí acabar contigo con toda crueldad y no volver a saber nada de tu metamorfosis. Sólo eso quería, acabar contigo y también conmigo.

Calló, y se volvió a ver, muchos años antes, inmóvil frente al armario del corredor. Dentro de él estaba la viola y el cartapacio con las partituras. Estuvo mucho tiempo así, observando detenidamente las cerraduras, los herrajes, la talla delicada de las maderas marqueteadas. Franz le acababa de comunicar que se mudaba de casa, que por lo pronto se iba a vivir con su hermana Ottla. Ella fingió un poco de tristeza, pero la verdad es que ya empezaba a controlar poco el rencor que crecía en su corazón. La confusión que le había producido leer aquel párrafo siniestro extinguía sin pausas su instinto de madre. Ningún fantasma nos acosa bajo disfraces más variados que la soledad, y una de sus máscaras más impenetrables se llama resentimiento. Cuando la felicidad no es un regalo mutuo, se decía, se convierte en el más necio de los despilfarros. Estuvo parada frente al armario de la misma manera que ahora está frente al féretro de Franz, pensando, decidiendo, que si no podía volver a tocar la viola tampoco quería amar a su hijo. Era la única alternativa que le quedaba. La otra era seguir el camino de Franz y provocarse una enfermedad tan incurable como la tuberculosis, y le habría hecho falta para ello una sabiduría de mago, un sentido adicional, otro oído, otro tacto, algo tan sutil como el aire, capaz de colarse por los ojos de las cerraduras y rondar en torno a su inconsciencia, para que hubiera atesorado la vida, sus fantasías y los anhelos que dejó encerrados en el armario del corredor. O todo es inevitable y necesario o nada lo es, y su amor de madre ya estaba de más.

Había varias maneras de huir, Franz. Yo tuve varias. Podía refugiarme en la estupidez, por ejemplo, pero tuve que elegir la más conveniente. Así como tú no tuviste alternativa y te entregaste febrilmente a tu literatura, yo tuve que alejarme de la viola. Así, tú optaste por la enfermedad, y yo, por secar mi espíritu. Tú pagaste con tu cuerpo y yo con mi alma. No sé quién perdió más, ¿lo comprendes? Bajé a un infierno al que se me condenó por una culpa nimia, y no tuve ni escritura ni música para consolarme. ¿Te importó? Muchas veces pensé que te habías ido de la casa porque no soportabas más mi reticencia, porque te horrorizaba mi propio horror. Después de todo tú habías hecho, ¿cómo le decías?: una heroización de tus hemorragias, y te decepcionaba que yo no fuera capaz de llevar a cabo la mínima parte de lo que tú habías intentado. Te entiendo. Yo muchas veces pensé lo mismo de tu mediocridad, de tu impotencia. Pero, te repito, lo tuyo era un mal del cuerpo, lo mío del alma. Poníamos en juego distintas aptitudes. Tú tenías algo qué salvar en el intento, y yo solamente podía perderlo. Finalmente lo perdí: mi música y mi amor por ti. No esperaba tu gratitud. La gratitud entre tú y yo fue algo completamente artificial y en cierto modo antinatural. No así el rencor y el desamor. ¿Te parece muy violento? ¿Es tan terrible que una madre deje de amar? Debe de serlo. Nunca fui consciente de parirte, y sí lo fui, sin embargo, de maniatar mi amor por ti hasta extinguirlo. No espero que lo comprendas, ni que lo aceptes. Quizá quiera comprenderlo, aceptar que a pesar de todo fue lo mejor que nos pudo suceder, y no sentir más culpas por esta falta de sentimientos. No quiero reclamarte más que me hayas robado el alma, porque eso hiciste, sabes, robarme el alma, robarme los sueños, robarme la música, exprimir mis culpas, dejarme seca. Tú sabrás si valió la pena. Brod dice que sí. Que lo que viviste, aunque no sabe a qué se refiere, valió la pena a la vista de tus novelas. Tiene razón, por eso le dije que no las quemara. Me pregunto si para mí habrá valido la pena. La mayor parte de las personas vivimos en el entresuelo de nuestra vida, donde nos hemos instalado holgadamente con buenas estufas y todas las demás comodidades. Raramente bajamos al sótano, donde tememos que pueda haber ratas, bichos, fantasmas que podrían helarnos la sangre. Tampoco solemos subir a la torre, pues el vértigo de la altura puede ocasionar que nos caigamos. Pero hay algunos, como tú Franz, que prefieren vivir sólo en los sótanos de su existencia, pues se sienten más a gusto en la penumbra y el estremecimiento de la oscuridad que bajo la luz y la responsabilidad que produce la vida cotidiana. A esos sótanos de tu vida tuve que descender, a ese sitio desgraciado, para hacerme cómplice de tu ruina. Fui tu coartada, tu excusa. Los vicios que exigen un cierto grado de valor son casi virtudes, y yo no tuve la entereza ni del bien ni del mal para resistirlos. Si tú fuiste desde entonces un ser agonizante, una buena parte de mi ser no salió con vida del sótano de tu creatividad.

El amor a los hijos siempre es desgraciado, es más, es el único que merece plenamente ese calificativo. Basta con que nos atrevamos a recordar. El amor a nuestros padres tenía un componente de compasión y repugnancia. ¿No había en ese amor algo emparentado con la aversión? ¿No hubo siempre en el amor de Franz una completa aversión disfrazada con múltiples reclamos? Julie K. miró el rostro de su hijo. Lo miró tan largamente que no supo cuánto tiempo había pasado. Recordó el día en que recibió *El fogonero,* y revivió el temor que le había causado leer, en la tapa, el anuncio del Día del Juicio. ¿Había temido que este día en el que estaba sola con el cadáver de Franz, fuera el de su propio Juicio? Quizá en las muchas noches en que se arrellanó en el pasillo y extrajo de su viola los impensables acordes del *adagio* de Mozart temió por el inevitable arribo del Juicio Universal, pero nunca sospechó que éste llegaría bajo la forma de un libro, un libro de su hijo. ¿Qué ha sido su vida desde entonces sino el constante deambular por la sinrazón de su existencia, una forma continua, para utilizar una de sus figuras, de correr sin sosiego del sótano a la torre de su vida mientras las estancias habitables de su casa se llenaban de polvo y de abandono? ¿Había vivido para eso, para eso se alimentó con las partículas sediciosas del rencor? El rostro inerme de Franz le dio la respuesta, su mirada cerrada, perdida irremisiblemente en sus ideales. Si Franz no la había juzgado, como tantas veces presintió, ella no se estaba privando del placer de dar forma, inclementemente, a su propio juicio final.

Fue entonces cuando escuchó el ruido de la cerradura y reconoció los pasos de Hermann Kafka, su esposo, seguidos de los de su hija Ottla, y su desamor le entregó la única salida digna que tenía ante el cadáver de su hijo. Salió de la habitación, atrancó la puerta y los detuvo. «Demos una vuelta por ahí», les dijo. Recordó el final de *La metamorfosis* y sonrió ante las palabras de Franz, las palabras que, gracias a esa novela breve, lo harían famoso algún día: «Luego, salieron los tres juntos, cosa que no había ocurrido desde hacía meses, y tomaron el tranvía para ir a respirar el aire libre a las afueras».

El miedo realiza lo temido, pensó Julie Kafka, no hay escapatoria posible. Todo había terminado.

El Faro, Valle de Bravo,
diciembre de 1998-diciembre de 1999.

APÉNDICE BIOGRÁFICO

Para mayor comprensión de los hechos que se han intentado narrar y analizar en este texto, el lector curioso puede consultar las siguientes páginas: la cronología pretende fijar ciertos hechos fundamentales de la narración y hacer, así, más comprensible la temporalidad de la novela; y en el breve álbum fotográfico que se adjunta, se quisiera proporcionar una imagen fidedigna de los personajes, los lugares, y de algunos objetos que fueron apareciendo en el transcurso de la anécdota. Me he servido, obviamente, de la biografía que Max Brod publicó con el elemental título de *Kafka*; pero sobre todo he utilizado los diferentes trabajos que ha publicado el erudito Klaus Wagenbach, quien tal vez sea el estudioso que más sabe sobre la vida de Franz y su tiempo, por algo se autonombra «decano de quienes llevan luto por Kafka».

CRONOLOGÍA MÍNIMA

1883

El 3 de julio nace Franz Kafka, hijo mayor del comerciante Hermann Kafka, y su esposa Julie, de soltera Löwy, en la ciudad vieja de Praga.

1889

Ingresa en la escuela primaria alemana de la calle Masná.

1893

Estudia en el Instituto de bachillerato de humanidades de lengua alemana del distrito Staromesto o Ciudad Vieja. Se sabe que en ese año escribe sus primeras obras, que después destruirá para no dejar el menor rastro de ellas.

1901

Examen final de bachillerato. Vacaciones con su tío Siegfried, hermano de su madre, quien sería una especie de médico de cabecera de la familia, y que años después le inspiraría el relato *Un médico rural.* En otoño inicia los estudios superiores en la Universidad alemana de Praga. Se inscribe durante dos semanas en Química, y luego en la escuela de Derecho. Toma, al mismo tiempo, un curso de Historia del Arte.

1902

Primer encuentro con quien se convertiría en su confidente y albacea, Max Brod, quien escribiría el primer estudio sobre la vida y obra de Franz Kafka, que tantas falsas interpretaciones suscitaría.

1903

Durante el verano se examina de licenciatura en Historia del Derecho, y tras ello se interna por unos días en el sanatorio naturista de Weisser.

1905

En invierno empiezan los encuentros regulares con quienes serían los amigos de su vida: Oscar Baum, Felix Weltsch y Max Brod.

1906

Ingresa como pasante en un despacho de abogados. El 18 de junio se gradúa como Doctor en Derecho. A partir del otoño inicia un año de prácticas, primero en la Audiencia provincial, y después en el tribunal de lo penal.

1908

Primera publicación, ocho textos en la revista *Hyperion*, dirigida por Franz Blei. Gracias a ello, su amistad con Brod se estrecha, y realizan numerosas excursiones a los alrededores de Praga.

1910

En mayo es nombrado consultor en el Instituto de Seguros de Accidentes de Trabajo del Reino de Bohemia, en

Praga. Durante el mes de octubre hace el famoso viaje a París en compañía de Max Brod y su hermano, donde sufre de forunculosis, y tiene lugar la entrevista con la quiromántica a los pies de la escalera de la *rue* de La Mire.

1911

Se convierte (con el dinero de su padre) en socio comanditario de la fábrica Hermann & Co., una productora de asbestos que había fundado su cuñado, Karl Hermann. Su madre sueña que Franz viaja a América, y un día del mes de junio le narra los detalles de dicho sueño. Casi simultáneamente, Kafka inicia la larga redacción de uno de los cuentos que en el futuro lo harían famoso: *Descripción de una lucha.*

1912

Primera versión de *El desaparecido* (que después titularía *América),* donde toma la anécdota central del sueño de su madre. Durante los meses más calurosos de la primavera se lleva a cabo la gira praguense del Cuarteto de Bohemia y conoce al violinista Josef Suk. El trabajo en la fábrica de asbestos es agobiante, y le escribe a Max Brod su intención de suicidarse. En el verano sueña que espera a una novia que no conoce, y por última vez en su vida le cuenta a su madre lo que ha soñado. En agosto aparece su primer libro, *Contemplaciones,* y pocos días después conoce a Felice Bauer. La noche del 23 al 24 de septiembre escribe *La condena,* y poco después, durante el otoño, intenta escribir la segunda versión de *El desaparecido.* Entre noviembre y diciembre escribe *La metamorfosis,* poniendo el punto final muy cerca de la Nochevieja.

1913

Al finalizar la primavera, el 28 de mayo, se publica el primer capítulo de *El desaparecido,* bajo el título de *El fogonero,* en la colección *Der Jüngste Tag,* o sea, *El Día del Juicio,* de la editorial Rowohlt. Le entrega a su madre el primer ejemplar que recibe.

1914

Franz Kafka visita a Felice Bauer dos veces en Berlín, y ella viaja una vez a Praga. Se comprometen oficialmente en matrimonio el 1 de julio en la ciudad de Berlín. El día 12 del mismo mes rompen el compromiso después de una reunión que es conocida como *El juicio del hotel,* que meses más tarde será la semilla que inspira *El proceso.*

1915

Primer y desafortunado reencuentro con Felice Bauer, que lo llevará a un nuevo y tormentoso compromiso matrimonial. Franz abandona la casa de sus padres y por un tiempo se muda a vivir con su hermana Ottla. A partir del mes de marzo se instala en una habitación propia en la Dlouhá. Se publica *La metamorfosis,* y el editor Kurt Wolff hace lo posible para que Carl Sternheim ceda a Kafka la suma de dinero que le correspondía por el premio literario Fontane.

1916

Se publica *La condena.* A partir de noviembre, escribe en una casita de Zlata Ulicka, alquilada por su hermana Ottla. Escribe premonitoriamente, esperando la visita de su tío Sigfried (quien descubrirá el avanzado estado de su tuberculosis), el relato titulado *Un médico rural.*

1924

El 17 de marzo regresa por pocos días a la casa de sus padres, antes de que lo trasladen a un sanatorio cerca de Klostemburgo. El doctor Robert Klopstock visita a Julie Kafka en su departamento de Praga para informarle del estado de salud de Franz. El 3 de junio, muerte y traslado del cuerpo de Franz Kafka a la casa paterna.

ÁLBUM FOTOGRÁFICO

Julie Löwy. Madre de Franz Kafka. Hija del tratante de paños y cervecero Jakob Löwy y de su mujer Esther, de soltera Porias. Nacida y criada en Podebrady, a orillas del Elba, casada desde 1882 con Hermann Kafka

Dora Diamant, en una época anterior a su relación con Franz Kafka. Fue la única mujer con quien Franz pudo establecer una relación más o menos estable

Felice Bauer, con quien Kafka sostuvo un tormentoso romance en dos ocasiones. Como testimonio del mismo, se guardan tres volúmenes de una copiosa correspondencia que constituye, según Elías Canetti, material indispensable para entender cabalmente la novela *El proceso*

Ernest Rowold y Walter Hasenclever. El primero fue el editor de los libros de Kafka y junto con Kurt Wolf fundó la colección *Der jüngste Tag,* esto es, el *Día del juicio*

Día de Campo, donde, acostado con pantalón blanco al frente del grupo, se distingue al doctor Robert Klobstoch, quien atendió a Franz Kafka durante su agonía. El joven sonriente del lado derecho es el mismo Kafka

El doctor Sigfried Löwy, ante su escritorio, y en un paseo montado a caballo. El doctor Löwy diagnosticó la tuberculosis de Franz, y fue el modelo para su cuento *Un médico rural*

El tío Otto Kafka en una foto de pasaporte. Nótese el enorme parecido de los ojos y las orejas con los de su sobrino Franz

Fotografía y dibujos de Max Brod, amigo de
Kafka de por vida. A él le debemos la primera biografía de Kafka y el haber conocido
los libros que quedaron inéditos

Felix Welch   Oscar Baun

Estos dos personajes, junto con el anterior, Max Brod, fueron los amigos íntimos de Kafka. Con ellos realizó el famoso viaje a París donde una quiromántica lo advirtió de
los peligros del futuro

El parque Letenské, mejor conocido como el Belvedér, donde Franz
acostumbraba pasear

El Ayuntamiento Judío, en cuyo salón de actos Julie Löwy
acompañó a un cuarteto polaco en la interpretación del Quinteto en Sol menor de Mozart

Praga vista desde la explanada del Belvedér. Las casas de la antigua ciudad ya habían sido to
talmente reemplazadas por nuevas construcciones. Se aprecia claramente la casa del Barco
Parizska 36 (x) en cuyo piso superior vivió la familia Kafka de mediados de junio de 1907 a noviembre de 1913. Allí surgieron *La condena, El desaparecido* y *La metamorfosis*

El antiguo establecimiento Savoy, en la esquina de las calles Vezeneská y Kosi, donde tenían lugar las representaciones de teatro yidish. En este sitio el Cuarteto de Bohemia ofreció
un recital con obras de Beethoven y Mozart

Cubierta de la primera edición de *El fogonero* (idéntica al primer capítulo de *El desaparecido* y por ello expresamente calificada de fragmento). El pie de imprenta especifica: «Aparecido en mayo de 1913 como volumen tercero de la colección *Der jungste Tag*»

Cubierta de *La condena*, aparecido en octubre de 1916 como volumen 34 de la colección *Der jüngste Tag*. La ilustración muestra una de las ediciones de bibliófilo, en semipergamino, usuales en la época

FRANZ KAFKA

DIE VERWANDLUNG

DER JÜNGSTE TAG ★ 22/23

KURT WOLFF VERLAG · LEIPZIG

1916

Cubierta de *La metamorfosis,* aparecido en noviembre de 1915 como volumen 22/23 de la colección *Der jüngste Tag.* La ilustración de portada es de Ottomar Starke. Cuando Kafka supo que Starke se encargaba de las ilustraciones, pidió a su editor: «El insecto no tiene que salir dibujado. Ni siquiera de lejos»

El sanatorio del doctor Hoffmann en Kierling (Baja Austria), en el que Kafka —atendido por Dora
Diamant y Robert Klopstock— murió el 3 de junio de 1924

Franz Kafka, hacia la época del doctorado, 1906. Esta era la fotografía preferida de su madre